丰子恺散文精品集

缘缘堂集外佚文

（上）

丰子恺 著

陈建军
刘　晨 整理

CIPG
中国国际出版集团
海豚出版社

图书在版编目（CIP）数据
缘缘堂集外佚文. 上 / 丰子恺著. -- 北京 : 海豚出版社,
2016.6
(丰子恺散文精品集)
ISBN 978-7-5110-3226-3

Ⅰ. ①缘… Ⅱ. ①丰… Ⅲ. ①散文集–中国–现代
Ⅳ. ①I266

中国版本图书馆CIP数据核字(2016)第078285号

书　　名：缘缘堂集外佚文（上）
作　　者：丰子恺
编　　者：陈建军　刘 晨

责任编辑：梅 杰　边海玲
美术编辑：吴光前
责任印制：王瑞松　李伟明

总发行人：俞晓群

出　　版：海豚出版社
网　　址：http://www.dolphin-books.com.cn
地　　址：北京市百万庄大街24号
邮　　编：100037
电　　话：010-68997480（销售）
010-68998879（总编室）
传　　真：010-68998879
印　　刷：河北新华第一印刷有限责任公司
经　　销：全国新华书店及各大网上书店
开　　本：32开
印　　张：12.125
字　　数：195千字
印　　数：5000
版　　次：2016年8月第1版　2016年8月第1次印刷
标准书号：ISBN 978-7-5110-3226-3
定　　价：48元

作者像　摄于 1962 年

在石门丰同裕染坊门前

总　　序

陈　星

一

提到丰子恺的名字，人们首先想到的往往是他那别具一格的漫画。在艺术园地中，丰子恺自己最偏爱的其实是文学。他在《作画好比写文章》中直截了当地说：“综合起来，我对文学，兴趣特别浓厚。因此，我的作画，也不免受了文学的影响。”他认为：“一切艺术之中，文学是与社会最亲近的一种，它的表现工具是人人日常通用的语言，这便是使它成为一种最亲近社会的艺术的原因。”

丰子恺最早的文学创作虽然开始于 1914 年，当时他在《少年杂志》第 4 卷第 2 期上发表了四篇寓言体短文，但正式从事散文创作是从白马湖开始起步的。1922 年至 1924 年，丰子恺在《春晖》校刊上先后发表了《青年与自然》、《山水间的生活》、《英语教授我观》等作品。1931 年，他在开明书店出版了第一部散文集《缘缘堂随笔》。此后，他的散文创作一发而不可收，先后有《随笔二十篇》、《缘缘堂再笔》、《车厢社会》、《子恺小品集》、《率真集》等散文集问世。写作时间从1922年到1974年，历时50余年，形成了他那种既洒脱又悲悯，清茶米酒般且极具人间情味的散文风格。

丰子恺的散文创作，从一开始就有很浓的人道主义色彩。他在《东京某晚的事》中向往“天下如一家，人们如家族，互相亲爱，互相帮助，共乐其生活”的理想世界。而一旦这种理想在当时社会中屡屡受挫时，他则感慨：“使人生圆滑进行的微妙的要素莫如‘渐’：造物主骗人的手段，也莫如‘渐’。”他宁愿造物主把人的寿命定得更短促些，“这样也许在人类社会上可减少许多凶险残惨的争斗。”（《渐》）于是他在《秋》一文中又感伤地写道：“三十这个概念，仿佛在日历上撕过了立秋的一页”，“自从我的年龄告了立秋之后，两年来的心境完全转了一个方向，也变成秋天了。”文中所说的两年，不仅是指作者当时超过三十岁已经两年了，同时也可以认为，这是他皈依佛教已有两年了（丰子恺于1927年拜弘一法师为师皈依佛教）。他皈依了佛门，但他并没有像他的老师李叔同（弘一法师）那样遁入空门，做起了和尚。用丰子恺自己的话说就是在他的身上具有两重性格。在那个年代，丰子恺在社会角色中，属于比较温和的中间分子。但他在文艺上却积极强调要有充实的内容。他在《艺术教育ABC》中说：“只懂得机械的画技的浅薄的画家，与只知玩弄美文的词句的浅薄的文学者，逐末而忘本，不可不诚为文艺的堕落！”

既然在成人的世界里难以找寻人间温情，那么就进入儿童世界！ 这便又有了他众多的歌颂儿童生活的作品，像《从孩子得到的启示》、《华瞻的日记》、《儿女》等。 丰子恺进入了一个纯真的儿童世界，显然是要用自己的作品，用成人间的隔膜与儿童的天真相对照，反映自己对理想生活的向往，寄托自己的内心情感。 正如他自己在《儿女》中所说的那样："因为我那时这种生活，或枯坐、默想，或钻研、搜求，或敷衍、应酬，比较起他们的天真、健全、活跃的生活来，明明是变态的，病的，残废的。"丰子恺在《给我的孩子们》一文的开头就说："我的孩子们！ 我憧憬于你们的生活，每天不止一次！ 我想委屈地说出来，使你们自己晓得。 可惜到你们懂得我的话的意思的时候，你们将不复是可以使我憧憬的了。 这是何等悲哀的事啊！"只有孩子的生活才是纯洁无瑕的，才是值得憧憬的，而一旦长大成人，接触这污浊的社会后，就失去了憧憬的价值。这就是丰子恺当时的体感。 所以，他爱儿童，认为人间最富有灵气的是孩子。 孩子有着天地间最健全的心眼，天赋的健全的身手与真朴活跃的元气。

丰子恺散文创作与他自己的漫画创作的分期基本上一致。 这种一致性不仅表现在艺术风格上，同时也表现在创作内容上。 20 世纪 30 年代，丰子恺的漫画创作进入了第三个阶段，即描绘人间相。 他自己的说法是："早在二十年代明知道社会的残酷、丑恶，可是不愿描绘，意在儿童的世界里神游。 可是后来我的笔终于描绘了。 我想，佛菩萨的说法，有显正和斥妄两途。 西谚曰：'漫画以笑语叱咤人间。’我为何专写光明的美景，而不写黑暗方面的丑态呢？ 于是我就当面细看社会上的苦痛相、悲惨相、丑恶相、残酷相，而为他们写照。”于是，他真的为此写照了。《肉腿》写于1934年，主要反映在大旱之年，运河上集结了大批男女老幼，拼命地取水抗旱，极其艰辛。 作者将踏水车的农人的肉腿与舞台上、银幕上舞女们的肉腿作对照，寄慨叹于近来农人踏水每天到夜半方休，舞场、银幕上的肉腿忙着活动的时候，正是运河上肉腿忙着活动的时候的现象。《吃瓜子》一文中，他列举了种种瓜子的吃法，从似乎漫不经心的闲谈中点出了文章的主旨：“而能尽量地享用瓜子的中国人，在消闲一道上，真是了不起的积极的实行家！ 试看糖食店、南货店里瓜子的畅销，试看茶楼、酒店、家庭中满地的瓜子壳，便可想见中国人在‘格，呸’、‘的，的’的声音中消磨去的时间，每年统计起来为数一定可惊。 将来此道发展起来，恐怕是全中国也可消灭在‘格，呸’、‘的，的’的声音中呢。”

二

从艺术角度上讲，丰子恺的散文无疑是极其诱人的。首先，他常常能从平凡琐屑的事物中写出深刻的人生哲理，或暗示现实社会种种较深入的问题。 例如写于1935年的《杨柳》。 作者自称自己喜爱杨柳，且与杨柳有缘（在白马湖，丰子恺将自己的住处命名为“小杨柳屋”）。 这是因为杨柳的美与别的花木不同，杨柳的美在其下垂。 花木大多是向上发展的，枝叶花果蒸蒸日上，似乎忘记了下面的根。但杨柳“它不是不会向上生长。它长得很快，而且很高；但是越长得高，越垂得低。千万条陌头细柳，条条不忘记根本，常常俯首顾着下面，时时借了春风之力，向处在泥土中的根本拜舞，或者和它亲吻。好像一群的活跃孩子环绕着他们的慈母而游戏，但时时依傍到慈母的身边去，或者扑进慈母的怀里去，使人看了觉得非常可爱。”《我的母亲》也是一个很好的例子。丰子恺从母亲的座位、坐姿这一特定的角度、姿态，描写了他那承担了严父慈母双重任务的母亲形象。

丰子恺的许多散文写得很洒脱，同时又在这洒脱中寓有深意，就如同清茶和米酒。《山中避雨》写于 1935 年。这篇作品的魅力，一如他的抒情漫画，初读十分清浅——像清茶，然细细玩味，竟余味无穷——如米酒。作品一开始就描绘了一幅烟雨朦胧的山村小景。为了避雨解闷，作者向茶博士借了一把胡琴，拉奏了各种西洋小曲。至此，苦雨荒山开始活跃起来，散文的意境也从古山水画般的氛围进入现实民间的世俗人情。作者写到两女孩和着西洋小曲歌唱时，作品的调子开始温暖起来，仿佛把游山遇雨的寂寥心情远远地抛到了脑后，而当写到一个女孩唱着《渔光曲》，并引得三家村里的青年们一起合唱时，作品进入了高潮，作者本人也情不自禁大动感兴，他体会到了音乐的亲和力，更重要的是他体会到了民族音乐对中国普通百姓的陶冶效果。这种发自内心的感悟在任何民族或许都是相同的。日本学者谷崎润一郎在读了这篇散文后就有这样的表示，他说他“不禁想到从前音乐师葛原氏乘船上京，在明石浦弹琴一夜，全浦的人皆大欢喜的故事来”。音乐的这种亲和力确实在年轻人当中引起了共鸣。以至在他离开的时候，彼此竟在茫茫的雨中依依惜别。整篇作品仿佛就像一幅风格淡雅的水墨写意画，将山色、茶肆、雨景、琴声、歌音、人情，统一融入了画幅之中，给人以鲜明的印象，且很有余韵。

再如写于1934年的《梦痕》，通篇像一幅清丽的风俗画卷。读后有如步入江南水乡的民间厅堂，体察民间浓郁的生活情趣，令人爱不释手。这类散文，作者几乎从来不堆砌华丽的词藻。用笔质朴无华，冲淡静穆，然而却给读者以很深的诗意感染。《湖畔夜饮》开头的意境描写、议论感怀，都是那样恰如其分。丰子恺首先描绘了“酒阑人散，皓月当空。湖水如镜，花影满堤”的西湖春夜的气氛，接着又以一首春月歌引出了一位多愁善感，饱经风霜的长者形象。这长者就是作者自己，但读者却很容易生发不同的联想。几处拟人化的点景。把景物、夜色写活了。虽然没有用什么形容词，更没有竭力描绘景物，但是那些隐伏在笔下的水光、涟漪、春意、拂柳似乎都在画图之中。这种艺术效果，非写作高手是很难达到的。素朴是高级意义上的一种诗的特质，况且丰子恺会时不时地掺入挚诚的人情味，这便是他的散文艺术成就的高妙之处。

在散文创作的数量上，丰子恺在现代中国散文作家中也是较多的。1949年后，他也在写，代表作主要有《庐山游记》、《扬州梦》、《黄山写生》、《西湖春游》等等。甚至在“文化大革命”时期他还在写，并集有《缘缘堂续笔》。这种文学现象在中国新文学史上是罕见的。

三

丰子恺写作散文有自己的艺术追求。首先，他力求从平凡琐屑的事物中写出深刻的人生哲理或暗示现实社会较深层次的问题，用他自己的话说，就是“最喜小中能见大，还求弦外有余音”。其二，丰子恺散文的艺术特色表现在别具匠心的艺术构思上。他的散文，表面上看是信笔写来，其实与他那些众多的构思巧妙的漫画一样，他的散文也讲究艺术构思，前文提到的《吃瓜子》《我的母亲》和《山中避雨》等都是散文艺术构思的典范。特别值得一提的是，他虽苦心构思了作品，却能在写作过程中显得平易、自然、协调，没有一点斧凿之痕。其三，丰子恺的散文，大多通过质朴的语言表达率真的情感。他一向反对“做”文章，反对用生僻、晦涩的词语。他在《艺术漫谈》中形象地把艺术比作“米”、“麦”，认为艺术应该大众化，为大众所欣赏和接受，如同家家户户每天能吃到的米、麦一样普及，而不应该成为只供少数人享用的山珍海味。但平易、大众化又不影响他作品的感染力，用他自己的说法则是“曲高和众”。文学界对他的随笔很早就有了好评。赵景深在《丰子恺和他的小品文》中说：“……子恺的小品文里既是包含着人间隔膜和儿童天真的对照，又常有佛教的观念，似乎，他的小品文尽都是抽象的，枯燥的哲理了。然而不然，我想这许就是他的小品文的长处。他哪怕是极端的说理，讲‘多样’和‘统一’（《自然》和《艺术三味》），这一类的美学原理，也常带着抒情的意味，使人读来不觉得其头痛。他不把文字故意写得很艰深，以掩饰他那实际内容的空虚。他只是平易的写去，自然就有一种美，文字的干净流利和漂亮，怕只有朱自清可以和他媲美。以前我对于朱自清的小品非常喜爱，现在我的偏嗜又加上丰子恺。”赵景深的评论可被看作是一个时期的代表。姜丹书则评价曰：“子恺的语体文，亦很成功，长于描写事物，亦庄亦谐，形容得很轻松，指发得很深刻，妙在能搔着痒处，打着痛处，幽默之趣，自在言外，乃是精于运思、巧于运笔者。”

郁达夫在编选《新文学大系·散文二集》时收入丰子恺的五篇散文，即《渐》、《秋》、《给我的孩子们》、《梦痕》和《新年》。郁达夫在评点文字中对丰子恺评价很高，他说：“浙西人细腻深沉的风致”在丰子恺的散文里得到了体现，又说“人家只晓得他的漫画入神，殊不知他的散文清幽玄妙，灵达处反远出在他的画笔之上。”郁达夫不仅推崇丰子恺的散文，更推崇他的苦学精神，他向读者介绍说：“他是一个苦学力行的人，从师范学校出来之后，在上海半工半读，自己努力学画，自己想法子到日本去留学，自己苦修外国文字，终究得到了现在的地位。我想从这一方面讲来，他那富有哲学味的散文，姑且不去管它，就单论他的志趣，也是可以为我们年青人做模范的。”

丰子恺是中国现当代散文史上一位风格独特的作家。他的散文作品于他健在时已有多个集子出版，在他逝世后也有各种选本流传。现今海豚出版社选取其代表作汇集成《丰子恺散文精品集》，嘱撰小文为序，试写以上感言。

目　　录

卷一

卷 二

卷 一

《哥白尼克斯与太阳》译者序言[①]

著者 Giacomo Leopardi〔贾科莫·莱奥帕尔迪〕生于一七九八年，死于一八三七年，是近世意大利有名的厌世的思想家又文学家。其文集最近被日本人收入于其所辑的世界大思想全集中，我从那集中读到他的文章。我晓得这思想家还未曾被人介绍到中国来过，又因为自己爱读他，就从日译本中转译了数篇，这就是其一。这对话剧《哥白尼克斯与太阳》，所取的题材就是关于近世天文学创始者的波兰人哥白尼克斯〔哥白尼〕（Copernicus，1473－1543）的事。哥白尼克斯，大概谁也晓得，就是"太阳中心说"的首唱者。从前世人皆以为大地居中心，日月星辰环绕其周围；哥白尼克斯始发明太阳为

① 载 1928 年 9 月 5 日《贡献》第 4 卷第 1 期，署名子恺。

中心，大地与群星环绕太阳之说，近世天文学就在这基础上建立。在这篇对话剧中，作者描写人类如何自命大地为中心，太阳如何不肯再绕地球，如何钩通哥白尼克斯，叫他强迫大地来绕太阳。从表面看，这是滑稽的喜剧；进一层看，是作者对于人类的妄大，僭越的严厉的诅咒；更进一层看，潜在于作品的底奥的是这厌世的思想家对于宇宙人生的虚幻无常的深刻的悲哀。戊辰年三月十七日记。

丰子恺自述[①]

我于清光绪廿二年（一八九八）旧历九月廿六日生于浙江石门县城外石门湾后河的丰同裕染坊店里。这店是我的祖父开的。祖父早死，我生时只看见祖母。祖母是受过教育的人。她自己管店，而教我父亲读书。我四岁时，父亲考乡试中了举人。同年祖母死了。我对于祖母的回想很模糊，但常在父母亲及诸姊处听说祖母为人何等豪爽，何等善于享乐生活；又在父亲的书橱里看见过祖母因瞌睡而被鸦片灯烧焦的《缀白裘》，《今古奇观》等书，故从小晓得祖母是我们的家风的支配者。我的母亲欢喜管理家务，父亲在家只是逐良辰佳节，饮酒

① 载 1933 年 1 月 1 日《读书杂志》第 3 卷第 1 期。此文与柳亚子、巴金、高语罕、徐悲鸿、熊佛西等 11 人的文章，总题为“作家自传”。题下有“以收到先后为序”字样，“丰子恺自述”居第一。

赋诗，家务都由母亲操持。我九岁上，父亲患肺病死了。因为父亲不事产业，我又有六姊一妹二弟，母亲抚育许多孩子，家计很困难。而数年之中，死亡相继，现在我只有两姊一妹了。我十岁时，母亲教我入亲戚家的私塾。我记得那时候我倾心于祖母和父亲，对于先生全不信仰。读书半是赖学。十三岁改入邻近的小学校。新式的学堂功课英文，数学，理化惹起了我的兴味，一变而非常用功了。十七岁小学毕业，母亲送我进杭州第一师范。初入学的一二年，我依旧用功各种功课，考试常常列在前名。到了第三年，我忽然对于教我图画音乐的李叔同先生发生了信仰，抛弃其他功课而专门学图画音乐了。因功课的偏重，常常受学监及舍监的谴责。我记得那时候的慕李先生，同幼时的慕祖母，父亲一样。

我二十二岁师范毕业后，跟了友人在上海办一所专修图画音乐的专科师范。明年，我的弟弟患肺病死了，我和母亲受了很大的打击。次年，即一九二一年春，我就别母亲，到东京去。因为短于资本，不能入美术学校或音乐学校。我就作游览者，除了到研究所去略学一些绘画音乐实技以外，只是看戏，买书，访问展览会和音乐会。过了一年，金尽了，只得归国。归国后又在专科师范做了半年教师，随即到一个新办在浙江上虞的山水间的春晖中学去教图画音乐。二三年后我又辞去。加入一班朋友的团体，在上海附近的江湾办了一所立达学园。在那学园里教中学部的图画音乐，和文艺院的关于绘画及艺术的理论，兼任上海大学，复旦大学，和澄衷中学，松江女子中学的图画，音乐或艺术理论功课。一九二七年九月，我三十岁诞辰，依归佛教，戒酒除荤。一九三〇年二月，我遭母丧，即辞去一切教职，迁居嘉兴，以卖文糊口。是年秋患大病，几濒危境。从此体弱多病，至今未复健康。

一九三二年十二月记

个人计划[①]

我来年想写一册《非战画集》。计划的第一步，是阅读古人关于从军的诗文，和今人关于非战的论著，而从中选集或感得画的题材。第二步，是收集关于近代战争的照片或画图，以作描画的参考。第三步是描画题字。

这事的动机，发生于一二八战争期间。后来忙别的事，没有做。后来患眼疾，又没有做。直到去年年底，马一浮先生也劝我做。不约而同，也是难得的缘，我便决心动手。今年年初，买了些书，东搜西检，把可取的诗句文句摘录出来，用讲义夹夹住了挂在座右的壁上，

① 载1934年1月1日《东方杂志》第31卷第1号。此文序号为“七一”，与马寅初、赵景深、茅盾、顾颉刚、老舍等72人的文章，合题为“个人计划”。

以备随时翻阅考虑画法。后来忙别的事，又不得不中止了。入夏，眼病又发，热病继起，缠累数月，已到深秋。病起又忙别的事，直到现在，那讲义上已有灰尘堆积了。现在特别的事还没有了结，眼病也还没有全愈，每日不能多做工作。不知来年眼睛能许我多做些工作否？因此，《东方杂志》要我写出来年的计划来，我本来不愿意写，恐怕写出了做不到，又要增加心头的懊丧。约十天之前，看了警报闽变的报纸，我才把壁上的讲义夹拿下来，拍一拍灰尘。今天便把这计划写了出来，寄给《东方杂志》。

教师之经验及其感想[①]

《湖北教育月刊》向我征本题的文。我离教师生活已久，没有近感，只能说些回忆的话。

回忆从前当中学图画音乐教师时，教课上所最感困难的，是学生程度的参差不齐。因为同一年级中的学生，其关于艺术科的天分，高下悬殊，有好几等可分。最低年级中的艺术科的天才者，常比最高年级中的艺术科的低能者成绩优良得多。倘要以艺术科的才能为标准而分班，势必将全校的班次全部推翻，另行编制；好像推到了一副麻雀从新再来一般。这程度的参差不齐，原是应有的状态。因为学校招考新生时，只考知识方面的

① 载1934年8月《湖北教育月刊》第1卷第8期“湖北教育问题专号”。“教师之经验及其感想”是一特设专栏，选登应征稿48篇，丰子恺文被排在第二。

学科，并不考图画音乐。而数学好的图画不一定好，国语好的音乐不定好。结果，每一班中的艺术科程度就非常参差不齐，可以分编好几个小班。这在教学上是很不方便的。倘以少数天才者为主而教得艰深些，多数中才以下以[①]人就茫无头绪。倘以少数低能者为主而教得浅易些，多数中才以上的人就没有兴味。折中的办法，只有以中才为主而教得不深不浅。然而看了天才者俯而就之和低能者跂而望之的状态，做先生的心中有些儿焦灼不安！

我当图画音乐教师时，常常感到这点困难。但也想不出良好的补救的办法。只是怜惜几个特殊的天才者，常常向各班中征集数人，在课外组织研究会，私下培养他们艺术科的天才。现在我还记得，曾经办过 EC 唱歌会，（EC 是 Evening Choir 的略写，就是黄昏合唱之意。这是在春晖中学时办的。）月夜画会（这是在立达学园办的）等。然而我自己觉得这不是良好的办法。屏弃了

① “以”，疑为“的”之误。

多数人而专教少数人，不顾低能者而偏爱天才者，做先生的心中仍有些儿不安。

我也想过几次，怎样才是良好的补救法。然而很不容易想出。因为这事[1]艺术科的特性有关：艺术科的特性，先天之力大而后天之力小。常见先天缺乏音乐才能的学生，教到了毕业还是音程唱不正确；先天缺乏图画才能的学生，教到了毕业还是静物描不正确。所以这问题牵连中等学校艺术教育的根本问题，不是可以局部解决的。现在我不过回想过去，略述经验和感想而已！不知现在的中学校艺术科中，是否仍有这种困难的存在？

一九三四年四月廿二日

① “事”，疑为“与”之误。

什么是“三部曲”？①

“三部曲”是文学向音乐借用的名词。先把它在音乐上的意义解说了，然后再说其在文学上的意义。

三部曲，即 Trio，英语的解释为 Composition for three vocal or instrumental parts（三部合唱或三部合奏）。例如把唱歌者分为高音、中音、次中音三部而使之合唱一曲，即为“三部合唱”。又如用钢琴，小提琴，大提琴（piano，violin，cello）三乐器合奏一乐曲，即为“三部合奏”。但所谓合唱或合奏，不是三种人或三种乐器大家唱奏同一种音乐，他们所唱奏的各不相同，而互相谐和，作成复杂的音节，（唱奏同一种音乐的，叫做齐唱或齐奏，与合唱或合奏全然不同。）合唱合奏不限于三

① 载生活书店 1935 年 7 月初版《文学百题（文学二周纪念特辑）》（傅东华编）。

部，自二部至九部，各有一种特殊名称。二部的称为Duet，四部的称为Quartet，五部的称为Quintet，六部的称为Sestet，七部的称为Septet，八部的称为Octet，九部的称为nonet。就中三部曲为最常用的合唱合奏法，二部及四部在近世也常用，但不及三部曲的富有历史。十七八世纪时，作曲者常于大曲中用舞曲Minuet（或Menuet，Menuetto是最重要的一种舞曲），而这种舞曲常是三部合奏或合唱的。故三部曲可说是音乐合演上最普遍的一种组织法。

于是文学作品中分三部的，就借用这名称，以表示其互相关联。在音乐上，三部原是同时演出的，不是先后演出的；但在文学上当然不能同时，只能先后演出。所借用的只是三部互相“类似”、“调和”、“对照”、“衬托”的意义。所以不借用别的二部曲、四部曲等而仅借用三部曲者，大概是由于“三”这数目的特性。文学上的“三部曲”，仿佛是“三位一体”的意思。文学常向别的艺术借用名词。像“素描”、“轮廓”，是向绘画借来的。

Trio 在音乐上还有一种意义：例如有一种乐曲，其中间的一部分称为 Trio（在乐谱字注明这个字）。但这部分并不用三部人声或乐器唱奏，不过是旋律的气势一变，与前后作成对比。因此 Trio 在作曲上又有“对比部”的意义。这转变的来由是这样的：十七八世纪时的作风，一乐曲中含有两个相对比的 Menuet。其中第二个 Menuet 常用三种人声或乐器合奏。因此这对比的部分称为 Trio。后来乐风变更，第二 Menuet 不用三声合唱或三器合奏了，但沿着习惯，仍称这部分为 Trio，于是 Trio 就转成了“对比部”的意义。我们在现今流行的西洋小曲（大都是三部形式的）中，常常可以看见乐曲的中间注着一个 Trio 字。而乐曲却是独唱或独奏的。要知道这 Trio 是“对比部”的意思，不是“三部曲”的意思，即不是文学上的三部曲所借用的。

欲穷千里目 更上一层楼[1]

（十一月献词）

过了这个月，便是今年的最后一个月了。

人生度岁，仿佛登楼。现在我们已经爬到了扶梯的最后第二级上；再跨上一步，就是最后一级，便可更上一层楼了。欲穷千里目，现在正是可以从容准备的时候。踏上了最后一级而作准备，不免太局促了。

古人云："近乡情更怯，不敢问来人。"我们现在将近登楼，情也有些怯怯。时间逼着我们向上跑，不许却步，不许停足。我们大家非更上一层楼不可。然而上了一层楼，所处若何？所见若何？谁能预知呢？假如有从这层楼上走下来的人，和我们交臂而过，我们很想问问

---

① 载生活书店 1935 年版《文艺日记》。

他；但同时又怕听他的报告，和近乡者“不敢问来人”一样。

假如你敢问他，他大约会这样告诉你：“更上了一层楼，你所处更高，所见更广。但离开你的根蒂的大地更远了，所见的万物的形态更略了。请回想你初登楼时，所处虽低，但接近大地，还未远离人生的根本。所见虽狭，但近在目前，物物皆得详见其真相。后来你渐登渐高，离地渐远，自然之气渐消；眼界渐广，所见之物渐略。因为世间有一种红尘，为人障碍，能阻人身，便隔离自然，能翳人目，使不见真相。诸君如不信，请回味过去，或再登几层，自然知道了。”

听了这番话，谁不心有戚戚呢？但是请君勿虑，只要保养明慧之眼，使勿受红尘障碍，那么即使身在最高层楼，也能时时回顾人生的根本，详见万物的真相了。

更上一层楼，还差一级。现在大家正好从容保养眼力。再跨一步，便可用明慧之眼，去穷千里之目了。

祝开明十周纪念[①]

开明十周纪念特刊索“箴言”。我无言可箴，但略书所感，以志祝贺。七十年前，英国有名的工艺美术革命家莫理史（William Morris）曾经纠合诗人画家洛赛谛（Dante Gabriet Rossetti）及美术家彭琼士（Burne - Jones）等，创办一个工艺美术品商店，叫做莫理史公司。反对资本商业主义所产生的恶劣的货品，企图以工艺制造的诚意来美化人生而改造社会。从很小的小本经营开始，十年而名震全欧。后竟以社会改革事业者名于世，而在美术史上占有数页地位。开明的过去，在某点上或某程度内与这莫理史公司相类似。这是可欣赏的。希望它本此素志而努力前进，将来成为中国出版界的莫理史公司。

① 载1936年8月1日《申报》“开明书店创业十周纪念特刊”。

我的少年时代[①]

我的少年时代的回忆中，印象最鲜明的，是剪辫子事件。民国光复之初，我正在高等小学读书。一位已剪辫子的先生在上课时对我们说："我们汉人本来没有辫子。二百余年前，满人夺了我们的土地，强迫我们养辫子，不听号令者死罪。我们屈服了二百多年。如今大汉光复，我们倘再保留这条辫子，无异甘心为人奴隶。大家赶快剪去！"我们一班同学少年听了这番话，个个感应。没有几天，大家脑后拖着半尺多长的头发，戴着鸭舌头帽子，活像现今戏班子里的花旦下台时的摸样了。有不少人的家庭中，老人们拘于世代的旧习，反对剪辫，闹起小小的家庭问题来。我的母亲也反对我，当她

① 载1937年4月8日《少年周报》第1卷第2期。

发现我的脑后少了一条辫子的时候，把我骂了一顿，自己又哭了一场，然后把剪下来的辫子套在红封筒内，拿去珍藏了。第二天我到学校，连忙把这场家庭风波告诉同学少年，邀他们的同情。有的安慰我说："老年人大都讲不通，他们是不读书之故。我们读过历史，明知满洲人压迫我们已经二百多年。现在大汉光复，剪去这条辫子是应该的。你怕什么呢?"有的人代我想法："你可告诉你母亲：辫子好比是一个尾巴。养辫子赛过是生尾巴，做畜生。这是满洲人侮辱我们的办法。这样对你母亲辩解，她一定不会再骂你了。"还有人鼓励我："即使不做畜生，辫子总是无益有害而且难看的东西。试想一个人，为什么后面要挂这条累赘的东西？这完全是满洲人的野蛮的办法！现在我们革命成功，一切有害的事都要除去。我们从剪辫子开始，将来逐渐革除一切有害的事，提倡一切有益的事，国家自会强盛起来。那时西洋人和日本人就会知道：以前我国外交屡次失败，不是我国人民懦弱之故，全是满洲人政治不良之故。如今汉人自己管了，四万万人齐心协力，东西洋那些小国哪里还敢欺负我们?”以后接着说话的人就离开了辫子问题：“满洲人是专制的，尊重皇帝而看轻百姓，谁肯为他们出力呢？现在我们收了回来，改成共和国，四万万人一律平等，为国家出力就是为自己出力，将来的中国岂有不强之理？今年是民国元年，大家已经这般高兴。再过十年廿年，到了我们长大的时候，中国一定非常强盛，人民一定还要高兴。那时我们汉人真光荣呢!”“岂但光荣而已，我们还要收回屡屡的损失呢。马关条约，南京条约，北京条约，天津条约……许多地盘，许多赔款，都是满洲人给我们败了的。将来我们要统统收回来，造成一个完全无缺的大中华共和国!”讲到这里，我们几个同学少年大家慷慨激昂，个个以民族英雄自许了。我早把母亲的哭骂忘却，跟着住校的同学走进房间里，借他的木梳来梳掠我那半尺多长的短发。一梳一梳地梳出来的，似乎全是快乐，幸福，和光荣的希望。

这是二十五年前的旧事了。现在回忆，还可使我眉飞色舞。几位同学少年大都无恙，虽无“五陵裘马自轻肥”之辈，但大家都努力为社会国家服务，果然不失为大中华共和国的好百姓。只是我每天早晨梳掠我的斑白的短发，再也梳不出当时那种快乐，幸福，和光荣的希望来了。这些希望似乎并不消灭，但被一种东西包住了，暂时失落在某处，将来一定有重新发现的一日。

神鹰东征琐话[①]

投我以炸弹，报之以传单。匪报也，永以为教也。

五月十九日午夜，中国神鹰精锐飞机一队由徐焕升队长率领，东征日本，于熊本，久留米，福冈等处发散传单百万份，安然飞返。传单文略谓："尔再不训，则百万传单，将一变而为千吨炸弹，尔其戒之。"

二十日下午一时许，我听见人说，中国的空军带赴日本的不是传单而是炸弹。其中一个人说："我们应该去投炸弹。他们在我们国内投了无数炸弹，杀了无数人民，我们应该去报复一下。况且，对这么残暴的敌人，还要用传单讲什么理呢?"到了下午四点钟，号外出了。

---

① 载1938年5月21日《中国的空军》第11期。

大家才知道确是去投传单。然而在人群中还时时听到怨声。他们咕噜地说："为什么不投炸弹呢？太可气了……"这些话引起了我的一些感想。

中国空军此次东征，态度至极堂皇，使命至极神圣。足为世间文明大国的表式，足为世间野蛮侵略者的警诫。盖日本向中国人乱投弹，其实并无伤害炸中国，却在那里炸毁日本自己的国家命根。因之中国投在日本地方的传单，看似一张纸，其实每一份是一个重磅炸弹的种子。这些种子将在日本人的心发芽生长而爆发出来，炸毁日本军阀的命根。这些种子还要散播在全世界的人心中，长出无数的重磅炸弹来，炸毁世界上一切暴徒的命根，而促成和平幸福的大同世界。

孟子说："以力服人者，非心服也，力不赡也。以德服人者，中心悦而诚服也，如七十子服孔子也。"这几句话说明着一个千古不易的定理：即道德胜于暴力，公理胜于强权。近视眼的人，只看见目前世界上的弱肉强食的事实。就以为要在世间立国，只有扩张军备，与世间的暴徒争一日之长，其实这是舍本逐末的浅见的自杀政策。甲国造飞机一千架。乙国造二千架来制胜他，丙国又造三千架来制胜他，丁国又造四千架来制胜他……这样下去，穷兵黩武，没有底止，和平之神愈走愈远，世界终于变成了修罗场，人间地狱，人类的没日，就来到了。所以武力只能暂时用以制暴，决不能作为立国治世的基本。现在暴日侵略我国，残杀人民。我们必须用炮火去抗战。但这是以毒攻毒。仿佛人体受病菌侵害，必须剧药，以杀病菌。但等到病菌杀尽，人体复健的时候，我们决不再服剧药，而需要营养丰富的粥饭了。这剧药好比抗战，粥饭好比人道，公理，正义，礼乐，我们是不得已而抗战，不是要用武力来同暴寇争长。他们在我们国内投了无数炸弹，杀了无数人民，这是他们的违犯国际公法，他们的背叛人道，他们的自杀政策。倘使我们的空军也带上炸弹去炸杀日本的人民，我们就也犯法律，伤道德，而我们的神圣抗战就变成“以暴易暴”了。上面所引孟子的话，没有引完，其下文又说：“诗云：自东自西，自南自北，无思不服。此之谓也。”因为以德服人，人皆心悦诚服。所以治国平天下，非常容易。古代商汤的王天下，便是一个实例。孟子写汤的以德服人，说“东面而征西夷怨，南面而征北狄怨。曰：‘奚我后，后来其苏。’”又说：“民望之，若大旱之望云霓也。”盖世人爱和平者多，好杀人者少。若有好和平的人出来征伐，世间一定到处响应，到处盼望他的来征。正如孟子所说：“今夫天下之人牧，未有不嗜杀人者也。如有不嗜杀人者，则天下民，皆引领而望之矣。”所以此次中国空军东征，不投炸弹而投传单，正是向日本人民宣扬我们的仁政，向日本人民表明我们的不嗜杀人。拾着我们的传单的日本人民，这几天一定在心中叫：“奚我后，后来其苏。”不过他们被日本军阀所强制，不敢出声而已。我们这一类的仁政将来积多起来，一定可以使日本人民“心悦诚服，如七十子之服孔子”。那时他们自会起来打倒他们的军阀，不劳我们一兵一卒。有人怨我们的空军不用炸弹去报复，是浅虑之言。其实不用炸弹而用传单，是更大的报复！

俗语有句话：“轻句还重句，先打没道理。”一般民众中，颇有信奉这句话的。在他们想来：日本到我国来投炸弹，我们也到日本去投炸弹，是天经地义。但这也是浅虑之言。因为日本侵略中国，不像阿二打阿大这么简单。阿二与阿大是一人对一人，日本与中国却是一国对一国。一国之中，人数很多，良莠不齐，我们不能拿一小部分来代表全体侵略阿比西尼亚的是意大利人。但仁慈恻隐的《爱的教育》的著者也是意大利人。同理侵略中国的是日本人，但同情于中国而反对侵略的日本人，亦正不少。最近日本国内常有因反战而被捕的，日本军队里常有反战而自杀的，日本兵士常有反侵略而向中国投诚的，日本俘虏的供词，多数是被迫从军，不愿参加侵略战的——这些事实在近来的报志上，时时可以看到。可见侵略中国的是少数的日本人。大多数的日本人是无害于中国或同情于中国的。倘根据“轻句还重句，先打没道理”的俗语，而用炸弹去炸杀东京，大坂的平民，则又是俗语所谓“吃了对门，谢隔壁”了。

孙中山先生的三民主义，处处教人以促进“世界大同”为最后目的。胸襟博大，至可钦佩。在军阀穷兵黩武的今日，我们尤须励行这主义，联合世界上的善良分子来打倒恶劣分子，为世界人类保留生机。原来人类不可以一概用国家来分群。意大利有恶人，也有好人；德国有恶人，也有好人；日本有恶人，也有好人。全世界各国爱好和平的善良的劳苦大众，不论何种族，不论何国籍，都是同气连志的好朋友。我们的抗战所要讨灭的，是日本的军阀，不是日本老百姓。所以我们的空军东征，不投炸弹而投传单，一本于孙中山先生的仁慈博大的精神，诚为大中华军人的表式！英国的《新闻纪事报》评论中国空军东征，说“传单力量强于炸弹”。因为这可以唤醒日本人民起来推翻军阀。又说：在日本，凡不利于政府及其侵略政策的新闻，一概禁止报纸揭载。因此日本人完全受政府欺骗，不明战事的真相。若中国空军能常常东征，把所有的日本军阀穷兵黩武欺骗民众的新闻用传单自空中掷下，则日本国内将起大乱，日本政府军阀的伎俩也就穷了。总之，我们不用炸弹去杀害无辜的日本民众，正是“仁政”的一端。换言之，就是促进“世界大同”的动机。孟子曰：“三代之得天下也以仁，其失天下也，以不仁。国之所以兴废存亡者亦然。”又曰：“仁者无敌。”我们以“仁”存心，则最后胜利必属于我。

所以我闻知中国空军东征的消息，即在心中，改作了一首《诗经》：

投我以炸弹，
报之以传单。
匪报也，
永以为教也。

空军的人格亦要至高无上①

蒋委员长手订空军信条第十条曰：

“空军的地位，是至高无上的。空军的人格，亦要至高无上。”

我们的空军过去的行为，例如忠勇抗战，杀身成仁，远征日本，宣扬仁风等，都已证实了我国空军的人格同他们的地位一样地“至高无上”，都已实证了中国空军是恪守空军信条的。

日本空军处处和我们反对，他们的空军的人格，可说“至低无下”！何以言之？有事为证：

中央社郑州六月十一日电：十六日九时许，平汉路信阳以南柳林车站，发现敌机三架竟涂我青天白日国

① 载1938年7月11日《中国的空军》第13期。

徽。投弹三枚，伤亡平民三十余人。

做到冒用国徽的地步，其人已把人格两字从心中连根拔起，投入深渊。故可说“日本空军人格至低无下！”

查这是日本一般军人的惯技。五月十九日中央社讯：日前鱼台之敌，在向丰县前进途中，曾揭我青天白日旗帜。我地方团队未能识别，致被其袭击，颇有损失，可见日军人惯于不守信义。

信义，是立身之大本，也是立国之大本。人不守信义，虽一时便宜，终必失败。国不守信义，虽一时横行，终必灭亡。故一切人间事业，皆建立在“信义”的基地上。

举最小的事实来说：譬如你雇黄包车，对车夫说：“到中山公园，一毛钱，去不去？”车夫说：“好！”这一个“好”字就是契约的签字，在车夫是守信义的。拉到了目的地，你给他一毛钱，他照收，自去。有时他要求增加二分钱，但必然另有一番理由：或者是说雨下得太大，或是说中途你要停得太久，或是说你的行李太重……但决不会否认了以前签字的契约，而说“讲了一毛二分的！”倘存此心，则他□[1]签字的契约既非书面，全无凭据，他尽可否认一切，而咬定说，你允给他两毛钱的，四毛钱的，或一块钱的，亦无不可。——这些事或许有之，乃属于极少数，为顾客所愤慨，为警察亦应干涉，为黄包车夫同行所不齿。后来此黄包车夫会终于觉悟此路不通，而痛改前非。俗语云：“上当上一次。”可见不守信义的事业，不能持久。拉黄包车这件小事业，尚且以信义为根基地而建立，何况国家大事呢？

中国自古为道义之邦。凡百事业，以道义为先。《论语》里说：“君子无所争，必也射乎。揖让而升，下而饮，其争也君子。”比赛射箭，也讲礼仪。

杜甫诗云：“挽弓当挽强，用箭当用长。射人先射马，擒贼先擒王。苟能制侵凌，岂在多杀伤？”可见我国人战争时也恪守道义，而以仁爱为心，黄帝子孙，皆保有这种道德在每人的血管里。

一切人间事业皆建设在“信义”的基地上。离开这

---

① “□”，所据原刊，此字不清。

基地，凭空建设，未有不崩溃的。故日本军人的放弃人格，是催促日本早日崩溃。中国军人恪守人格，是催促中国最后胜利早日实现。

绘事后素[1]

——黔桂流亡日记之一

明日考艺术教育及艺术欣赏。今日预为出题。题中用“绘事后素”一语。检《十三经注疏》“绘事后素”解，发现其与朱注大异：“郑曰：绘画，文也。凡绘画先布众色，然后以素分布其间，以成其文。喻美女虽有倩盼美质，亦须礼以成之。”疏曰：“子夏闻孔子言绘事后素，即解其旨，知以素喻礼，故曰礼后乎。”又正义曰：“案《考工记》云：绘画之事杂五色。下云：画缋之事后素功。是知凡绘画先布众色，然后以素分布其间，以成其文章也。”朱注则曰：“绘事，绘画之事也。后素，后于素也。《考工记》曰：绘画之事后素功，谓

① 载 1947 年 11 月 25 日《天津民国日报》。

先粉地为质，而后施五彩。犹人有美质，然后可加文饰。”又曰：“礼必以忠信为质，犹绘事必以粉地为先。…… 杨氏曰：甘受和，白受采。忠信之人可以学礼。苟无其质，礼不虚行。此绘事后素之说也。”今从朱子。因《注疏》所谓“凡绘画先布众色，然后以素分布其间”，甚不合画理。吾国绘画向重素地。惟西洋画不留余地，需白则用白粉涂抹。但亦非先布众色，然后以白粉分布其间者。只有某种图案，或用此法亦甚罕有。今言“凡绘画先布众色，然后以素分布其间”，此言不易解，故不从。

廿八年六月三十日于宜山

读《爱国诗选》[①]

汪精卫到东京的消息传到那一天，汪静之诗人送我他的新著《爱国诗选》一部。上自《无衣》、《出车》(《诗经》里的爱国诗)，下至秋瑾女士等慷慨激昂之作，都数千首，分三厚册，最近由商务印书馆出版的。我一口气读完了这三厚册，觉得有话要说，心身非常疲劳。因为读的时候，全身的血时时沸腾起来，呼吸时时喘急，常想抛却了书卷去找扇子。而终于在两三天内一口气读完了。

读完之后，休息了一会，回想了一番，觉得话要说，就写在下面：

秦良玉，明末的一位女子，是忠州人，石砫宣抚使

---

① 载1939年7月5日《中学生战时半月刊》第5期。又载1939年8月25日《现实》第3册，题名为《读爱国女子诗选》，文字略有改动。

马千乘的夫人。这女子有胆识，善骑射，又长于文词。马千乘死了，她代他领兵，讨叛贼奢崇明。有功，封都督签事，充统兵官。崇祯皇帝派她去援辽东，亲制诗四首赐她，其中一首曰：

凭将箕帚靖皇都，一派欢声动地歌。

试看他年麟阁上，丹青先画美人图。

流贼入川，良玉守石砫，屡次攻破贼阵。张献忠陷四川，良玉召集她所部的兵士，下令道："有从贼者，杀无赦。"乃分兵守四境。这时张献忠迫诱兵民投降，各地从贼者甚多。独有石砫境内没有一人降贼的。绵州知州陆逊之到良玉的营中来访问。良玉作男子装，冠带出见。办酒请他，并在席上慷慨谈论兵事。陆逊之看她穿着男子的战袍，用手拉她的衣袖。良玉拔出佩刀来，立刻把他所拉的衣袖斩断，使得陆逊之大惊大惭，不敢再放肆。后来良玉出战，连斩六贼，自己觉得筋疲力尽了，深恐为贼所侮辱，就在战场中自刎而死。

沈云英，也是明末的一位女子，萧山人，道州守备沈至绪的女儿。工书法，通经史。至绪与张献忠战，死在阵中了。云英闻知父亲战死，自己拿了矛冲进贼阵，夺得父亲的尸体。贼左右围攻，想捉住她，终被她奋勇杀却，负父尸还家。而道州亦得保全。皇帝封她为游击将军，使她继承她父亲的事业。

清朝董榕著一部传奇，名叫《芝龛记》，就是描写秦良玉、沈云英英勇抗战的故事的，凡百余出。秋瑾女士《题〈芝龛记〉》诗曰：

今古争传女状头，红颜谁说不封侯？
马家妇共沈家女，曾有威名振九州。
莫重男儿薄女儿，平台诗句赐蛾眉。
吾侪得此添生色，始信英雄亦有雌。

“状头”就是状元，“平台诗句”就是崇祯皇帝赐秦良玉的诗。

毕著，也是明末的一位女子，歙县人，好勇，能诗。她的父亲为蓟邱守，与贼抗战，败死。尸体为贼掳去。部下将士都主张向京师请兵复仇。毕著时年二十，独表示反对，她说：“请兵要许多日子，使贼有所戒备。不如今夜立刻冲杀过去。”这晚上，她自己领了精锐的部队，闯入贼营，亲手斩杀贼的首领，驱逐贼兵，抬了父亲的尸体还家。自作纪事曰：

吾父矢报国，战死于蓟邱。
父马为贼乘，父尸为贼收。
父雠不能报，有愧秦女休。
乘贼不及防，夜率千貔貅。
杀贼血漉漉，手握仇人头。
贼众自相杀，横尸满阬沟。
父体与亲归，薄葬荒山陬。
相期智勇士，慨焉赋同仇。
蚁贼一扫清，国家固金瓯。

郑启秀，是明末的一位少女，湖南人，从小读书知礼，长后蕙心兰质。清兵犯湖南，启秀逃难不及，被清兵掳去，装在船里，预备送北方去。船过黄鹤渚，启秀乘贼不备，一跃入水，仅留八首，凄惨慷慨的绝命诗在人间。其诗曰：

照影江干不暇悲，永辞鸾镜敛双眉。朱门曾识谐秦晋，死后相逢总不知。

征帆已说过双姑，掩泪声声海夜乌。葬入江鱼波底没，不留青冢在单于。

少小伶仃画阁时，诗书曾拜母兄师。涛声夜夜催何急，犹记挑灯读楚辞。

生来弱质未簪笄，身没狂澜叹不齐。河伯有灵怜薄命，东流直绕洞庭西。

当年闺阁惜如金，何事牵裾逐水滨。寄语双亲休眷恋，入江犹是女儿身。

遮身只是旧罗衣，梦到湘江恐未归。冥冥风涛又谁伴，声声遥祝两灵妃。

厌听行间带笑歌，几回肠断已无多。青鸾有意随王母，空费人间设网罗。

国史当年强记亲，杀身自古以成仁。簪缨虽愧奇男子，犹胜王朝供事人。

汪静之君的《爱国诗选》中只录其第二首。其余七首我从《曼殊文集》里找得，全录在此。我想这诗必可使读者特别感动。因为假如当时有学校，这少女正是一位中学生，与本刊读者是一类的人！她虽是一个民间女子，但是志气极高，不肯像王昭君似的觍颜事胡而留“青冢在单于”。她虽是一个“生来弱质”的少女，但抵抗力极强，终使敌人“空设网罗”，一点也奈何她不得。她虽是一个“未簪笄”的女孩子，但胸怀极大，能体会“杀身成仁”之道，愧杀无数忍耻偷生的“王朝供事人”。但同时又多情善感，缠绵悱恻，显然不是暴虎冯河死而无怨的蛮子，而是富有人性人情的淑女。故命将临终，犹叹“朱门曾识谐秦晋，死后相逢总不知”。犹不忘“少小伶仃画阁时”“挑灯读楚辞”之事。想见她垂髫读《离骚》时，小小的芳心对于屈原的高洁早已向往，早已打定“不以身之察察受物之汶汶”的决心了。看到她“寄语双亲休眷恋，入江犹是女儿身”之句，使人觉得悲壮无极，不忍卒读，同时又钦佩这少女节孝双全，人格伟大！我最初想像作者是一个小姑娘。但越读她的诗，看见她的人越大，读到这里，看见她顶天立地，高不可仰了。

随后我又想起了另一女子，不知姓氏，但知是徐君宝之妻。徐君宝守岳阳，为寇兵所杀。其妻貌美，且能诗词，被寇所执，掳到杭州。酋长欲娶她，逼迫再三。她假意答允了。对酋长说：“我愿相从。但须向先夫之灵奠祭一番，然后改嫁。”酋长信以为真，也答允了。她乘人不备，投河自杀，留下一阕《高阳台》在人间。其词曰：

汉上繁华，江南人物，尚遗宣政风流。绿窗朱户，十里烂银钩。一旦刀兵齐举，旌旗拥百万貔貅。长驱入歌楼舞榭，风卷落花愁。清平三百载，典章人物，扫地都休。幸此身未北，犹客南州。破鑑徐郎何在，空惆怅

相见无由。从今后断魂千里，夜夜岳阳楼。

这位徐夫人与郑启秀女士，志行相契，若合符节，可谓千古双绝。两相比较，徐夫人词笔委婉，长于描述。如“丝窗朱户，十里烂银钩”，如“长驱入歌楼舞榭，风卷落花愁”，正是今日江南浩劫之状，使人读之疑为现代人所作。然其所惆怅，归结于“破鑑徐郎”“相见无由”。但望“从今后断魂千里，夜夜岳阳楼”，而无一语涉及社稷与纲常。其行虽烈，其志较郑女士终差一筹。但这原是求全之毁，比较起所谓“王朝供事人”来，又不可同年而语了。

徐夫人的词，《爱国诗选》中亦未选入，是我在《词选》里见到的。但《爱国诗选》中，诚不乏轰轰烈烈，惊天动地的大作。三厚册中，印着许多赤心，洒着许多碧血，流着许多热泪。永远绚焕灿烂，与日月争光。我所以不讲爱国男儿而单讲爱国女子者，一则因为一般人说起爱国英雄就想起烈士，义士，心目中总认定是男性的；独不知吾国礼教渊深，不但男子勇于杀身成仁，妇人少女亦知舍身取义。所以我特别提出来说，以明救国不分男女。二则因为抗战以来，常闻无耻之徒，见利忘义。为顺民者有之，当汉奸者有之，希望屈膝求和者有之，甚至身为党国要人，而倒戈事敌者，竟亦有之！此等人名为男子，实与熊狗无异！而上述的许多女性，虽现女身，所行实是大丈夫事。所以我特别提出来说，以明无耻男子之耻。《爱国诗选》中所载秋瑾作《满江红》词曰：

小住京华，早又是中秋佳节。为篱下黄花开遍，秋容如拭。四面歌残终破楚，八年风味徒思浙。苦将侬强派作蛾眉，殊未屑。 身不得，男儿列。心却比，男儿烈！算平生肝胆，因人常热。俗子胸襟谁识我，英雄末路当磨折。莽红尘何处觅知音，青衫湿。

所谓"俗子胸怀"，指其王廷钧，也可说是指一般庸碌男子。故秋瑾耻为男子，而恨天公"强派"她"作蛾眉"。有诗曰：

谪来尘世耻为男，翠鬓荷戈上将坛。

忠孝而今归女子，千秋羞说左宁南。

左宁南者，明末大将左良玉是也。拥重兵四十万守武昌。清兵南下，不战自退。终至国破身亡。故秋瑾讥之，而耻为男子。不料秋瑾死后，神圣抗战中又有更羞于左宁南之人。秋瑾死而有知，当在地下立誓，生生世世不为男子也。

二十年①六月二日于宜山。

① 应为二十八年，原刊作“二十年”。

看凤凰城[1]

——黔桂流亡日记之一

杨女士送来入场券，邀我等今晚去看励志社演剧。七时同陈宝等六人入城观剧，诸儿皆揩油，我独出法币二元买一名誉券，共坐最前最中一排椅上。台上角色须眉毕见，布景上灰尘亦看得清楚。人云观剧宜远，信有理也。所演为凤凰城，即苗可秀殉国故事，各人表现皆出劲。主角苗可秀每幕出场，言行慷慨激昂，出力尤多。苗可秀抛却妻子，其仆张生抛却恋人，而一同从戎死国。剧中关于生离死别之描写，颇能动人。我于此痛感战争之罪恶。今日偶阅苏东坡代张方平谏用兵书。此感尤为痛切。抄数段在此："臣闻好兵犹好

---

① 载1947年10月27日《天津民国日报》。

色也。伤生之事非一，而好色者必死；贼民之事非一，而好兵者必亡。”“且夫战胜之后陛下可得而知者，凯旋，捷奏，拜表，称贺，赫然耳目之观耳。至于远方之民，肝脑屠于白刃，筋骨绝于馈饷，流离破产，鬻卖男女，薰眼，折臂，自经之状，陛下必不得而见也。慈父，孝子，孤臣，寡妇之哭声，陛下必不得而闻也。譬犹屠杀牛羊、刳脔鱼鳖，以为膳馐，食者甚美，死者甚苦。使陛下见其呼号于梃刃之下，宛转于刀几之间，虽八珍之美，必将投箸而不忍食，而况用人之命，以为耳目之欢乎？”“今陛下盛气于用武，势不可回，臣非不知。而献言不已者，诚见陛下圣德宽大，听纳不疑，故不敢以众人好胜之常心，望于陛下。且意陛下他日亲见用兵之害，必将哀痛悔恨，而追咎左右大臣未尝一言，臣亦将老且死，见先帝于地下，亦有以藉口矣。惟陛下哀而察之。”不知今日日本文化人中，亦有作此论者否？

剧场散出已十二时。照昔年平居杭州时惯例，必上酒面店饮酒吃炒面，然后坐黄包车返家。今日惯性犹存，然环境大非昔比。仅有一糕饼店尚未关门，买蛋糕十二块，且行且吃，返家已过夜半。

二十八年七月九日于宜山

宜山遇炸[①]

——黔桂流亡日记之一

上午十时警报至。十一时许解除。下午一时许警报又至。往日有警报，我常躲避屋旁岩石间。今日不知何故，发心逃出野外，且抱新枚而逃。逃至门外半里许岩石间，见一石缝宽二三尺许，左右有石壁而上无盖。即与满姊，软软，一吟，新枚五人共入石缝中。浙大同事男女七八人亦至。十余人共攒石缝，中有一人以伞误触黄蜂窠，黄蜂群起抵抗。一女人被螫，呼痛，诸人皆逃出。而紧急警报忽发。于是诸人不复怕蜂，仍攒石缝。蜂亦不再螫，似有知者。我本居缝口，见缝中人多，乃独赴邻近大石下，蜷卧丛草中。约十余分钟，敌机至。

① 载1947年11月3日《天津民国日报》。

我从草中窥之，见九架，在我头顶稍偏东处。俄而炸弹声大作。我所卧之地面略为震动。度其远近约在一里左右。如此去而复来，共投弹四次。我之环境乃岩石起伏之荒地，心知不为投弹目标。然当胡禽初次飞过头顶时，及弹声初次震响时，不免惊骇。惊骇立即变为愤怒。愤怒终于变为镇定。第四次轰炸时，我正在草间吸纸烟也。三时许解除警报。随诸儿赴城察看，见西门外体育场有直径丈余，深五六尺之地洞四个。其二分布于场中旗杆之左右，去旗杆均不过一丈，而旗杆巍然矗立，毫不倾侧，其如泥基石亦略无损坏。人言此国家基础巩固之象征也。复西行，见汽车站对面一小店被毁。军校医院亦受一弹。山谷公园（此公园以黄山谷名）中受一弹，有二人死树林下，惨不忍睹。此外直西五里外某村，受弹最多，村屋被焚。盖军校学生所居也。此次共投百余弹，死伤六七人。然大都由于无知，不避地，或避地不良，以致于死。例如公园中二尸，其身旁即有一深而窄之沟，沟中水甚浅。使二人肯入沟中，则无恙也。倘得处处设备周密，人人行动敏捷，则敌机实不能毁吾人之一毛。由此观之，空袭虽烈，亦复可怜！我个人此次所受惊骇，实为抗战以来最大之一次。二十六年十一月二十一日下午二时在石门湾缘缘堂第一次听炸弹时，虽地小弹多，危险万分，然所投皆小弹，炸声不大。且不意中突如其来，（事前我等确信此全无军事设备之小镇不致被炸也。）人皆不觉其可怕也。其后逃难途经杭州及南昌，皆遭逢空袭。居长沙及桂林时，亦逢数次空袭。或距离甚远，或并不投弹。居汉口时空袭最多，非但不惊，且感快意。因汉口吾国飞机甚多，一发警报，群起迎战，时将敌机击落，盖有抵抗而无恐怖也。今宜山军校所在，目标甚多；而全无抵抗，任其肆虐。我身虽可避患，而心不胜其愤。彼以利器从天上杀来，我以肉体匍匐地上，万有一死之可能。有生以来，未曾屈辱至于此极也！

二十八年七月二十一日于宜山。

论正诈及其他（读书杂记四则）[①]

读《淮南子·人间训》一卷，其中有一故事，常盘旋脑际。抄录于此：

“昔晋文公将与楚战于城濮。问于咎犯曰：‘为奈何？’咎犯曰：‘仁义之事，不厌忠信。战陈之事，不厌诈伪。君其诈之而已矣。’辞咎犯，问雍季。雍季对曰：‘焚林而猎，愈多得兽，后必无兽。以诈伪遇人，虽愈利，后无复。君其正之而已矣。’于是不听雍季之计，而用咎犯之谋。与楚人战，大破之。还归赏有功者，先雍季而后咎犯。左右曰：‘城濮之战，咎犯之谋也。君行赏先雍季，何也？’文公曰：‘咎犯之言，一时之权也。雍季之言，万世之利也。吾岂可以先一时之权而后

① 载1940年12月《读书通讯》第15期。

万世之利也哉？’”

下午有一青年来访，谈及仁义，因以此故事告之。其人曰：“我不以晋文公为然。设用雍季之谋而行仁义，则战不胜，不胜即败。今用咎犯之谋而得胜，夫功终属咎犯也。”我对曰：“行仁义一时虽败，其后必胜。最后胜利必属于仁义也。”其人笑而不言，吾知其不以吾言为然，但亦未知之何。世人眼光短浅，往往贪目前之小便宜而失其大者。实则咎犯、雍季之谋，非仁义道德问题，只是两种算盘。雍季之算盘比咎犯之算盘大。晋文公先雍季而后咎犯，不愧为一眼光远大之国土商人。故此事实非仁义道德问题，只是利害得失之问题而已。今人于利害得失尚不识轻重大小，何足与谈仁义道德？

昨夜雷雨，今晨日出。地方潮湿，三和土尽变黑色。人在天地变乖之中，头晕目眩，似感疾病。倚床偶展旧日漫画集，见“燕归人未归”，“翠拂行人首”二帧。前者写楼头少妇及垂杨归燕之景；后者写柳下踏青之状。反忆过去太平春景，令人惆怅。遂援笔作画。画一屋半为炮火所摧残，旁有杨柳依旧垂条，上有燕子来归故巢，而旧主人不知去向。题曰：“燕归人未归。”又画一群男女老幼仓皇逃难，道旁杨柳垂条正拂其头，题曰：“翠拂行人首。”以此二幅与前二幅相对比，不胜今昔之感。忆廿七年春客某地时，被某团体邀宴。宴毕座谈，主席首先发问：“先生昔日曾写“月上柳梢头”等画，请问今日宜如何写?”吾告以“和平为常，战争为变”之大义，使知“月上柳梢头”永远美丽，决不因战事而变损其审美价值。惟浅薄之人，以为今后战争时髦，大家将靠战吃饭，遂思尽行打倒和平幸福之作品，而提倡杀人放火之描写。惜当时未曾作上述二幅。若已作者，当将新旧二种出以相示，试问何者为美?垂杨归燕为美欤，抑家破人亡为美欤?柳下踏青为美欤，抑仓皇出走为美欤?若曰前者为美，则常变之义大明，主席之问即不成问题。画家处今日固不得不写战时之所见所感以惕励民众；但平时所写和平幸福之作品，并不失却其价值，并非今后不可再作。不但如此，吾等今日之努力，其目的正欲去暴除害，使天下重归于太平，而人人皆得欣赏和平幸福之作品也。

下午赴校上课，行至磐安门，警报至。街上人如潮涌，其势可怕，一时慌张，不知所向。努力镇静，念此城唯一条闹街，街之两旁皆空地与山，皆可避警，即向左转入小弄中。迤逦行约十分钟，至一山脚，于石上坐憩。一身穿旧制服而面带病容之男子与吾同路。询其有紧急警报否，彼亦不知，但言过去屡为敌机所窘，故每遇警报必远避，并劝吾再深入山。从之，相与同行又约十分钟，至一处，四面环山，谷中水声潺潺，仅有一农家，与一水车。盖为欲利用水力转磨，故卜居于此者也。时天末忽起大风，黄云飞驰，恐有大雨，即于屋旁树下坐憩。与同行者交谈，知彼姓某，北平人，现在某餐厅跑堂。因询其有否素菜，答言颇有数种。因与之约，今晚当来吃素菜，吾出门时曾与群儿相约，五时在丁字口聚会，晚餐后共赴电影院看《迷途的羔羊》。正苦不知何家有素菜可吃，不意于警报中得此人之介绍也。闲谈之间，雷声忽起，颇似敌机迫近之声，而感念大异。敌机声威胁人耳，使人心生屈辱、不平、愤怒之感。雷声亦威胁人耳，但使人只觉恐惧，不感屈辱；只觉严肃，不感不平；只觉自身之渺小可怜，绝不敢愤怒于大自然之严威也。不久雨至，遂叩农家之门而托庇焉。农家有夫妇二人及一小孩，另有一男人正共主人磨谷簸米，似是其戚友。貌皆慈和，揩凳让坐，并进茶。屋中设磨，藉水力转运石轮，碾米甚速。屋外雨甚大，久不止。吾闲观其磨，齿轮构造颇似钟表之机械，不过粗细悬殊耳。归家后尚能忆其构造，遂为作图，以明中国农人之机械天才。三时雨止，兴辞而出。主人相送，约下次再来。返城已三时半，入教室，阒无人，课二小时为敌机盗去矣。

某君擢少将，赴蜀就任，今自重庆来信，谓前日闻吾谈“晋文公与楚战于城濮不用雍季之谋（诚）而用咎犯之计（诈），凯旋赏功时先雍季而后咎犯”之事，于心不忘。自谓今后处世，“愿诚而败，不愿诈而成”，问是否可行。大哉此问！未可率尔答复。几经考虑，复之曰："'愿诚而败，不愿诈而成'，自是千古不易之原则，请决行之，无须犹豫。但有一字，亦不可忘，即孟子所谓'权'是也。吾人处世应事，有时不能呆板而需要权变。故平日宜守男女授受不亲之礼，至嫂溺之时，又不得不越礼而援之以手。若呆板到底，嫂溺亦守礼而不援，则如孟子所说，是豺狼也。诚伪之道，亦复如此。诚为原则，伪为权变。君好闻军旅之事，今再述之：昔秦穆公兴兵袭郑，过周而东。（以兵伐国不击鼓密声，曰袭。）郑贾人弦高将西贩牛，道遇秦师于周郑之间。乃矫郑伯之命，犒以十二牛，宾秦师而却之，以存郑国。（非君命也，而称君命，曰矫。）夫三军矫命，过之大者也。应得何罪？足下当详知之。但事有信反为过，诞反为功者，故弦高之矫命，无罪而反有功也。《淮南子》说此理甚畅，今节录数语，以供参研：'言而必信，期而必当，天下之高行也。直躬其父攘羊而子证之，（直躬楚叶县人也。叶公子高谓孔子曰：吾党有直躬者，其父攘羊而子证之。孔子曰：吾党之直者异于是，父为子隐，子为父隐，直在其中矣。凡六畜自来而取之，曰攘。）尾生与妇人期死之。（尾生鲁人，与妇人期于梁下，水至溺死也。）直而证父，信而溺死，虽有直信，孰能贵之?’‘昔楚恭王与晋厉战于阴陵，潘尪、养由基、黄衰微、公孙丙，相与篡之。（四子楚大夫，篡晋取恭王。）恭王惧而失体，（威仪不如常，坐不能起也。）黄衰微举足蹴其体，恭王乃觉。怒其失礼，奋体而起。四大夫载而行。昔苍吾绕娶妻而美，以让兄。此所谓忠爱而不可行者也。是故圣人论事之局曲直，与之屈伸偃仰，无常仪表。时屈时伸，卑弱柔如蒲苇，非摄夺也。则强猛毅，志厉青云，非本矜也，以乘时应变也。夫君臣之接，屈膝卑拜，以相尊礼也。至其迫于患也，则举足蹴其体，天下莫能非也。是故忠之所在，礼不足以难之也。孝子之事亲，和颜卑体，奉带连履。至于溺也，则捽其发而拯之。非敢骄侮，以救其死也。故溺则捽父，祝则名君。（周人以讳事神敬之至也。）势不得不然也。此权之所设也。故孔子曰：可与共学矣，而未可与适道也。（适之也，道仁义之善道。）可与适道，未可与立也。（立德立功立言。）可与立，未可与权。权者，圣人之所独见也。故忤而后合者，谓之知权。合而后舛者，谓之不知权者。不知权，善反丑矣。’足下立志‘愿诚而败，不愿诈而成’，不胜赞佩之至。但深恐有时‘善反为丑’，故不惜笔墨而又为论‘权’如上。愿明辨而慎思之。”

我写文章的一些经验[①]

一、写作兴趣的由来

我过去所写文学作品，只是随笔，即《缘缘堂随笔》所载各篇。此种随笔写作的原因，是因为我信了佛教，对人生发生种种感想，便信笔写出。那时郑振铎等办《文学周报》《小说月报》，就把我所写的拿去登载。接着就有许多人索稿，但索稿以后写的，都非完全主动，草率应酬。后来不久就封笔。自前年起，绝对不写文，不得已时，用旧日杂记敷衍索稿的友人。现在，旧日杂记也没有了。

二、写作年龄的开始

我二十五岁从日本归国，方始动笔作文。

① 载天地出版社 1943 年 9 月初版《文艺写作经验谈》，文末附“丰子恺先生小传”。

三、写作开始后的倾向

我写文章全用白话，只有画集《人间相》的序文，偶用文言，记忆所及，没有第二个例外。

我开始写作，第一次是翻译，所译的是屠格涅夫的《初恋》，由英文译出，后由开明出版。

四、写作生活的叙述

关于写作时间的选择，我三十岁以前写作却在深夜，十点钟之后，至一二点钟止，难得写到天明，三十以后不复写文学作品，只写艺术理论。白天晚上，任何时都行。四十以后，文章绝少做了，因为身体不好。一提笔就头晕眼花，惟作画不倦。

关于写作场合的选择，总是僻静的地方最好，但只要关得住门，他人不进来同你讲话，到热闹地也可。天气阴晴则不拘。

我写文必须吸香烟和喝浓茶。大约一刻钟一支烟，喝酒容易得到文思，但酒后不能写作，略记所感，待酒醒后再写出来。

我的写作速率和久持力，大概在文思满胸时，一气能写二三千字，继续三四小时不倦，但此事只在三十岁以前有之，今也则无。

我对作品大抵不修删，即刻寄给人家去发表。

五、写作上的困难之点

我觉得写作最困难的，还是“感动”的由来，没有感动，要硬做，最苦。有了感动，觉得非说不可，那么开场，结局，穿插，修饰等都不成问题，自然而然。

六、写作完成后的感觉

作品发表后的感觉，在初期是高兴的。

后来就无感觉，发表也好，不发表也好。懊悔有时有之。譬如回想起来，这文太不满意，或者说了不应该说的话，就觉得后悔。这也是三十岁以前的事。

七、作品落选后的感觉

我作品发表，只有一次落选，即民国初年，我拿所译的《初恋》投寄《东方杂志》，编者来信说，此文在中国目下还不便发表，我就把他塞在箱底。过了十年，开明向我要此稿，就拿出来，同英文对照了，给开明出版。落选时我并不怨恨，也并不兴奋，我知道时候还没有到。此后我投稿不曾落选。因为都是编者来索的，不是自己去投的。

悼念夏丏尊先生[①]

一代学人之丧，不若并世英雄之去世，会使全球悼念。悼念他的只会是极少数人，但这种悼念却能感人百世。

李叔同（即弘一法师）与夏丏尊二位先生，是我小时在师范学校的业师。三年前，李先生在福建涅槃，最近夏先生又在上海逝世。今后我在世间，已只有学生而没有先生了。这是人生的一种悲哀。

李先生与夏先生，有同样丰富的才调与同样深广的胸怀。不过表面上不同，一位做和尚，一位做文人而已。

记得我在学时，我们同学对于李先生所教的图画音

① 载1946年6月30日《海潮》第4期，目录页题为《追悼夏丏尊先生》。

乐二科，特别看重，比国文数学等还认真。当时夏先生曾说，你们看重图画音乐，是什么原故？就因为李先生将人格作背景之故。李先生教图画音乐，但他所擅长的，不仅此一科而已。他的诗文比国文先生的更好，他的英文比英文先生的更好……好比一尊佛像，有着后光，所以大家尊敬佩服他。这些话为李先生说得很对。当另一方面，也可说是夏先生的“夫子自道”。夏先生是当舍监，后来兼教国文的。但他的才华也着实丰富：诗文，经学，理学，佛学，书法，金石，外国文，科学……他都懂得。所以学生对他，同李先生一样尊敬佩服。所不同者：李先生寡言笑，拿热诚的行为来感动学生。譬如上课，李先生总是先到，静坐在讲台上等候学生到齐，因此学生不敢不早到。譬如弹琴弹得不好，李先生永不骂你，只是和颜悦色地说：“你下次再弹过。”如此学生不敢不弹熟。故李先生永不劝学生用功。永不骂学生，而学生没有一个不自爱，没有一个不怕他，没有一个不尊敬佩服他。夏先生则不然，对学生如对自家子女，率直恳切而亲爱，他常常厉声责骂学生，但同学又像母亲一样关心他。因此学生被骂而不怨。最初，学生还不了解他，怨他管得严，私下给他取个绰号，叫做“夏木瓜”。因为他的头大面圆，像个木瓜，但这绰号，后来变了 pet name（因爱他而用的绰号）。学生有所请愿，一定大家说：“此事只有同夏木瓜说，才有办法。”因为别的先生往往打官腔敷衍学生，只有夏先生真诚地热爱学生，凡事可入木商量，如果你的请愿合乎情理，他就当作自己的请愿而替你设法了。

故我常想：李先生的是“爸爸的教育”，夏先生的是“妈妈的教育”，表面不同，而其对青年学子的爱护，是完全同一的。夏先生后来翻译的《爱的教育》，流行于国内，深入人心，甚至被取作国文教本，不是偶然的事。

夏先生对学生如此，其对朋友，社会，亦如此。别人的患难，在他，当作自己的患难，真心地躭忧。故凡熟悉夏先生的人，没有一个不知道夏先生“多忧善愁”。朋友生病了，夏先生就皱眉头耽忧。朋友失业了，夏先生又皱眉头叹气。有人吵架了，吃醉了，甚至朋友的太太要生产了，小孩子跌交了……夏先生都要皱着眉头，替他们耽忧，叹气。学校的问题，公司的问题，别人当作例行公事讨论的，夏先生当作自家的事而忧愁。社会的事，国际的事，别人当作历史小说看的，夏先生也当作切身的问题，而认真地操心。投战八年间的上海生活，不知给夏先生增添了几千万斛的忧愁，夏先生不但先天下之忧而忧，又是代天下之忧而忧。古语云："忧能伤人。"夏先生之死，是供给忧愁材料的社会所致使，日本侵略者所促成的？

卅五年六月，重庆

日本人气质[①]

日本投降后数日，欢庆的空气还没有消散的时候，我们几个朋友，聚会在一堂，漫谈未来的幸福的梦。话头自然的转到了日本人身上。大家一致地非笑日本人的愚蠢，慨叹日本人的下场。结论是，这民族的小气的根性，是其败亡的主因。因此，我想起了昔年在东京所遇到的一件事，这件事正是当日聚谈座上的佳话。

我到东京去，是为了研究美术，但因自费不多，不能正式入学，不合称为“留学”。又因我不是做官的，也不能美其名曰：“考察美术。”所以至多只能称为参观或游览。我跑来跑去，东看西看。东京，西京，横滨等处的画展，音乐会，歌剧场，旧书铺中，多有我的足

① 载1946年7月13日《益世报·副刊》第105号。

迹。有一次，我有感于日本的玩具的精美，发心参观玩具厂。因为我确信，玩具是美术，教育，与工业三者密切合作的产物；只懂美术与教育，而不懂工业，或只懂工业而不懂美术与教育，决定不能制造出良好的玩具来，所以我有参观工厂的必要。我向中国使馆里的朋友讨了一张介绍片，拣定了一个赛璐珞玩具厂，冒然地去参观。

我走进玩具厂，把名片和介绍书交给口[1]人，求见他们的经理。不久，经理果然出来了，但脸色下沉没有笑容。从日本人特有的这种表情上，我已猜到了事情不妙。我说明来意之后，他率直地答道："我们厂里的规定，是谢绝参观的。对不起得很！"我也率直地答道："啊，是这样么？我没有知道，对不起得很！再会！"

我碰了一个钉子，回到我的下宿里。恰巧，一位提琴研究所里的日本同学来访。这位日本同学是帝大医科的学生，年纪已有三十多岁了，胡子满面，眉毛极浓，

① "口"，所据原刊，此字不清。

日本相十足的。但为人很诚实，对我特别要好，因为他是比我迟进研究所，而且初学提琴，进步极难，嫌先生教的时间太少，全靠我的友谊的指导的补充，才得入门的。他常常把日本生活的种种门槛指示我，例如神田区的食堂哪家最便宜，冰哪家最好，乘电车的捷径以及小病的自疗法等，藉以报答我的提琴指导的辛劳。这一天他来访我，我便把参观玩具厂碰钉子的事告诉了他。他劈头便问："你有没有送礼物给他?"我觉得这一问来得稀奇，岂有素不相识而带了礼物去参观的?我说："没有。"他笑道："你毕竟是中国人，不知道日本人的性情。日本人是很重情面的。你有礼节，他一定客气，我劝你明天买一点礼物，再去访问那经理。他一定会欢迎你进去参观。"我以为他是说笑，答道："那远不如问他多少钱看一次，干脆的送他多少钱吧!"他认真地说："送钱不行，钱不是礼物!他的工厂又不是戏馆，怎么可以送钱呢?你必须买礼物，才可表示你有礼貌!"我也认真起来："你的话当真?"他正式地用指导的口气说："自然当真!你到某家铺子去买一匣糖果，大约五元钱，叫店员加上装璜，用帕子包了拿去，恭敬地送上，包管你成功。”我口上答应，心中吃惊：“日本人作风是这样的!”他告辞时又反复地指导了一遍，我表示接受。

次日我有些犹疑，我怕我不会做这出戏。又怕上了那人的当，再碰一个钉子。继而我想：日本人的确眼光很浅，为了研究玩具，我做戏，碰钉子，都不在乎。我告了奋勇，照他所指导的去做了。

我走进工厂大门，照理交名片求见经理，经理果然又出来了。我硬着头皮，双手捧上礼物。经理的脸孔本来同昨日一样沉下，至此忽然笑逐颜开。口中说着谦让的话，双手接受我的糖果匣子。我没有开口他先说了：“先生是要参观我们的工厂吗？我们本来是谢绝参观的。不过，先生这样热心，又这样客气，我们破例请你参观。”他表示引导我进内，我好比渔夫探桃花源，忽觉“豁然开朗”，跟他走进里面，承他逐一指示，而且详加说明。约摸参观了两小时之久，方始告辞。赛璐珞玩具制造法的要点及其工业与美术教育的关联，我心中便已了然。这是五元钱糖果换来的。

又次日，我在提琴研究所里会见那日本同学。他一见便问：“成功了没有？”我说：“多谢多谢！完全成功了。”便把经过的详情告诉了他，而归功于他的指导。他也同玩具厂经理一样笑逐颜开，而且得意非常。又热心地补充一点指导：“还有一点，你也要记着：你以后凡有请求，送上礼物之后，务须立刻开口，不要怕难为情。倘你当时不说，过了一天再请求，便难得见效了。”我惊骇之极，索性用演剧似的腔调答道：“对啊！对啊！过了一天，糖果已经吃完了！”他却认真地说：“对啊！这便难得见效了！”

上述这一件事，给我印象很深，这可说是日本人眼光浅的一个实例。但我必须声明，我确实知日本人决不个个如此。日本人中尽有伟大的灵魂与高远的眼光。只是像那玩具厂经理的人，不在少数而已。记得从前李鸿章督办中国海军，伊藤博文特来参观。他看见一只军舰上晒着一条红裤子，便断定中国海军不可怕，因为晒红裤表示没有军纪。他就进攻，果然中国海军被歼。我倘用伊藤博文的看法来推论，该□□[①]说："日本的侵略不可怕。因为玩具厂经理的接受糖果，表示日本人眼光浅，眼光浅必定败亡。"

糟糕社会逼迫一个人走上绝路很容易，而在我们的想像中事情不会那么坏。一个大悲剧发生时我们往往谴责作者笔下太不留情，说不定他完全是叙述真实，未添枝叶；我们谴责作者而不谴责社会，这说明是我们认识尚浅，我们谴责作者而不谴责造成悲剧的主角，这说明是我们对人性了解不深。我们的心软手软虽然可以帮助我们做一个好人，但是要做一个好的作家却不能不把善恶说个分明。因此，我就想，你我读到的许多夸张的情节也许就是真实，我们还是仔细的观察观察社会，认真的研究研究人性再下结论的好，不然，我们就显得幼稚的可笑了。

我想，好好做人，好好努力，对于我们这就是一切。此外，我不知道更有旁的，如果说还有旁的，那该

---

① "□□"，所据原刊，此二字不清。

是我希望藉着这封信，□[1]你奠定一生的友谊，把这友谊建立在相互砥砺的基础上。

① “□”，所据原刊，此字不清。

平生自序[①]

我于前清光绪廿四年，即一八九八年，旧历九月廿六日，生在浙江崇德县的石门湾。我的父亲讳鐄，字斛泉，是庚子辛丑恩政并科的举人。母亲钟氏，也是石门湾人。我行七，有姊六人，有弟二人，妹一人。我九岁时，父亲病逝。姊弟亦相继夭亡。我十七岁入杭州两级师范时，家中只有二姊及一妹及一弟。我母亲勤俭持家，又遭逢这许多不幸，生活是很辛酸的。我入师范的第三年，李师叔同教我图画音乐。我忽然对此二科发生热烈兴趣，抛弃了一切，专修画乐。我廿二岁师范毕业之年，李师叔同出家为僧，即弘一法师。同年我的弟景伊病死。母亲膝下只剩我一个儿子。就替我定姻，娶崇

① 载1946年10月《涛声》复刊号第1期。

德徐芮荪公主长女徐力民，即现在的我妻。我廿四岁上，借了一些钱，自赴东京游玩。这时我妻已经有了二个女孩，即陈宝与林先。我在东京习西洋画，提琴买书（西洋文学书，艺术书），看歌剧，看画展，游名胜，任情而动，兴趣酣浓。但一年多之后，借金已尽，只得回国。任上海专科师范教师，又任上虞春晖中学教师。所教的都是画与乐。从日本带回一大箱文艺书来，教课之余，埋头读书。我的文艺理论智识，大半是这时期从书中获得的。廿七岁，我的长男华瞻出世，同年我与友人创办立达学园，在上海之江湾。三十岁时，次男元草出世。同年我皈依弘一法师，我姊梦忍，亦皈归法师，大家除荤戒酒，我家佛教空气从此浓厚。卅二岁时幼女一吟生，次年我母逝世。此时我的著作版税收入渐多。就遵母亲遗嘱，在石门湾建造缘缘堂，于民国廿二年完成。自丧母后，我辞去一切职务，寓居于家，写作为生。于杭州辟寓屋，春秋佳日，常赴杭游览。陈宝、林先、宁馨、华瞻诸儿已入中学，同居杭州，慰我寂寥。此期生活，回味甚甘。廿六年七七事变，我离杭返缘缘堂。不久寇侵石门湾，用迂回战，从后面突至。我不及携带书物，率家人及亲戚老幼十余人仓皇逃出，只携铺盖两担，其余书物，尽被焚毁。我迤逦西行，由长沙而桂林，任桂林师范国文教师。次年郑晓沧兄邀我入浙大任课。廿九年南宁失守，随浙大迁贵州遵义。住三年，迁居重庆。辞浙大课，恢复闲居生活。时陈宝，宁馨，华瞻已入大学，元草入高中，一吟入艺专，林先已与宋慕法结婚。而在桂林所生之幼子新枚，已五岁，依之膝下，慰我闲居之寂寥。回思杭州时代，宛如隔世。卅四年夏陈宝，宁馨，华瞻同时毕业于大学，开始当公教人员。不久胜利忽至。后一年，全家东归。除“去日儿童皆长大”外，又添得幼儿新枚一人。我家的复员，良可庆幸。惟见“昔年亲友半凋零”，感慨无量！我离浙大已四年，到上海后，竺可桢张其昀二先生来函邀我返校。我爱杭州，遂应其聘。此后又须暂作教师生活了。刘狮先生，嘱写自传。草草书平生事实，以告知我者而已，不足称为自传也。卅五年十月十七日于上海鲍寓。

不快的快事[①]

胜利复员的途中，在从汉口到南京的轮船上，我看到一件不快的“快事”。

我的舱房里共有十几只床铺，男女杂处。我家占了五只铺，我居边界。我对面的铺，是一个中年妇人和一个婴孩的。有一次，我看见这这妇人替婴孩换尿布，解开尿布，惹我注目的是一大块红，仔细一看，原来是一面日本国旗。这旗是小型的，当作尿布用，那红太阳正好承受婴孩的臀部，不大不小，恰到好处。好像是特制的。我脱口而出：“啊！是日本国旗！”那妇人得意地说：“是呀！他爸爸从前线拿回来的，很多，我都拿来当尿布！”她翻开被头来给我看，果然有好几块。我看

① 载1947年5月12日《申报·自由谈》。

看她换下来的一块，红太阳的正中一堆黄黄的粪，旁边都被小便浸湿。我摇头叹息。那妇人更加得意，说：“吃了他们几十年的苦头，今天蹋蹋棺（蹋棺即复讐，不知是否如此写，待考。）出一口气！哈哈哈哈。”我陪她一个“哈哈哈哈”。旁边另一人说：“这是一件快事！”

我想起了：抗战以前，日本侵略中国，中国人痛恨日本，曾经有人骂日本国旗是月经布。他说：“世界的国旗，要算日本的最容易制造。日本女子月经来了，用一块手帕塞进生殖器。明天拉出来，手帕中央圆圆的一块红，便成了国旗。”这虽骂得刻毒，但不过说说而已。如今拿日本国旗当尿布，却是实行。这真是一件“快事”！但我觉得何等不快！

这种行为太恶劣了！有如流氓的骂人，有如顽童的恶作剧。过去的日本固然恶劣之极。但我们岂可同他们一般样呢？古训：“不念旧恶，怨是用稀。”熟语：“冤家宜解不宜结。”如今他们已经屈膝投降，我们应该忘怀旧恶。这样可表示我们的人格，而维护世界的和平。所以我看了那件“快事”，觉得不快，因为这与我们的人格有关，与世界和平的前途有关。

但后来我又想：月经与尿屎，科学地看来，与睡涕一样，本无高下贵贱之别。如果世人皆作如是观，那么也就无妨了。

卅六年五月七日。

不光荣的“光荣”[①]

胜利复员，凯旋上海。有一天我买分报看，看到了一件不光荣的“光荣”事件。

据报载，英国政府任命某工厂特制绞索，将用以绞杀纳粹战犯戈林一班人；而这工厂便是受德国飞机轰炸，损失最大的一家。在这新闻的末了，记者赞道：这是这工厂的莫大的光荣。意思是说，吃了侵略者的亏，居然能把他们征服，绞他们的首。天理昭彰，冤雠尽雪，已是光荣；何况政府特地任命吃亏最大的人去制绞索，仿佛是教他亲手去绞杀，让他痛快地报雠。这岂不莫大的光荣么?

但我并不替英国人感到光荣。我想起了复员途中的

① 载1947年5月22日《天津民国日报》。

所见：在从汉口乘轮返南京。我的舱房中有十几只铺，男女杂处。我家的团体的对面是另一家的团体。他们之中有一中年妇人，带着一个婴孩。有一天我看见她替婴孩换尿布，那尿布上有圆圆的一大块红。仔细一看，原来是日本国旗。这是小型的旗，红太阳正好填住婴孩小屁股。我不期的说出：“啊！日本国旗当尿布！”那妇人得意地答道：“这是他父亲前线上带回来的，很多。我统统把它们当作尿布，出一口气，哈哈哈哈。”我陪她一个“哈哈哈哈”。同舟的人听了大家笑容满面，陪我们“哈哈哈哈”。这大家认为一件“快事”；但我颇觉不快。我记得抗战以前，日本侵略中国，中国人恨透日本，有人骂日本国旗是“月经布”做的。他说，日本女子月经来时，用手帕塞进阴道，第二天拔出来就变成一面日本国旗。这虽然骂得刻毒，但不过说说而已；如今用日本国旗作尿布，却是事实。所以大家认为“快事”。但我认为这种行为太恶劣了！过去的日本，固然恶劣之极；如今既然屈膝投降，我们应该忘怀前愆，不应该同他一般样儿见识。古训：“不念旧恶，怨是用稀。”熟语："冤家宜解不宜结。"这种行为，不但有关我们的人格，抑且有碍世界和平。故我认为轮船中所见的是不快的"快事"。

英国政府任命受纳粹侵略，损害最大的工厂特制绞杀纳粹战犯巨头的绞索，与此事情类似，可说是不光荣的"光荣"。这行为虽没有国旗作尿布这般恶劣，其刻毒实在比这更甚。月经布作国旗，国旗作尿布，不过像流氓的骂人，顽童的恶作剧，卑鄙下劣而已。任命损害最大的工厂特制绞索，表面堂皇而内容刻毒，有似恶讼师的手段。我替大不列颠的国格惋惜。况且这明明是奖励复仇。复仇这件事，为安慰一般人心，原也不便完全反对；但把恶人诛灭，已经够了，切不可用刻毒手段，尤不可奖励复仇。因为复仇不是王道，与世界大同，人类和平幸福的前途很有妨碍的。我从这件事中，隐约窥见第三次世界大战的朕兆，不胜浩叹。

卅六年五月八日于杭州

上海中秋之夜[①]

记得有一年，我在上海过中秋。晚饭后，皓月当空。我同几个朋友到马路上去散步，看见了上海中秋之夜的形形色色，然后回家。我将就睡的时候，忽然有一个人推门进来。他送我一副眼镜，就出去了。我戴上这副眼镜，一看，就像照着一种 X 光，眼前一切窗门板壁，都变成透明，同玻璃一样，邻家的人的情状我都看见了。我高兴得很，就戴了这副眼镜，再到马路上去跑。这回所见，与前大异；一切墙壁，地板，都没有了；但见各种各样的人各自过着各种各样的生活。可惊，可叹，可怜，可恨，可耻，可鄙……也有可歌，可泣，可羡，可敬的。我跑遍了上海的马路，所见太多，兴奋之

① 载 1947 年 9 月 18 日上海《自由谈》第 1 卷第 4、5 期合刊“关于上海特辑”。

极，倒在马路旁边睡着了。醒来的时候，却是身在床中。原来是做一个梦。

卅六年八月廿五日作。

答《大公报》编者问[①]

（一）我的第一本书是什么？

（二）它是怎样出版的？

（三）我的下一本书将是什么？

（一）《子恺漫画》。

（二）最初，这些画黏在我家的墙壁上。那时我家住在上虞白马湖。有一天，商务印书馆的编辑郑振铎先生来我家，把这些画拿去，在文学周刊上发表，他们称之为“子恺漫画”。后来章雪村先生办开明书店，我这些画就结集起来，交他出版，就名为《子恺漫画》。廿六年冬，此书纸版在虹口被炮火所毁。我在大后方重画

① 载1947年12月11日《大公报·出版界》第62期“作家及其作品特辑”。题目系本书编者所加。

一遍，仍交开明出版，现在名为《子恺漫画全集》。分为六册，包括廿六年以前所作。

（三）现在我没有著书，故此项不能填写。

拔牙记[1]

我行年五十，口中只剩十七个牙齿，而且多数是动摇，歪斜，没有对偶的。只有右方犬齿两对，勉强可以咀嚼。从胜利到现在，我吃东西，单靠这两对犬齿服务。其他的十五个——尸其位而不服务；不但不服务，还要时时刻刻当心他们，照顾他们，拿牙膏和药品孝敬他们。又不但如此，还要常常吃他的苦头：痒，痛，头晕脑胀，浑身不舒，沉默扫兴，迁怒冒火。胜利以来，这两三年内，我吃他们的苦头不少！这回我下个决心，把他们统统拔光，改装美国产的义齿。

盖我口中的国土内，直好比养了一大群贪官污吏。他们原是本国产，原是我中央政府所任命，全国人民所

---

① 载1948年1月1日《论语》第144期。

推戴的。照理应该为我国尽忠效劳。岂知他们只在起初上台的几年出一点力，装装面子，后来就尸位而不做事；尤其是胜利以来，大家作恶为非，贪赃枉法。除了极少数以外，简直个个是坏东西。他们位在福利的进口上，凡是肥鲜供养，一定给他们先尝美味。他们站在言论的要路上，凡是民意发表，一定被他们歪曲阻碍。直至最近，极少数的两个好官，受了大多数的贪官污吏的影响，渐渐地变坏起来，也想放弃任务而祸国殃民了。于是我最高当局目睹这情形，大发雷霆，立刻下一道手令，把所有贪官污吏统统连根拔起，驱逐出境；而向美国礼聘一班人才任用。他们虽然不是本国人，但是科学化的，一定精确干练，能为国家造福。

说是这么说，其实我下这个决心，是很困难的。因为我一向反对拔牙，一则因为怕痛，二则我认为这件事不自然，违背天命。也好比一个政府当局，蒙蔽昏迷，优柔寡断，以致越弄越坏酿成这一团糟糕的。以前，说起拔牙，我就联想古代的五刑，墨，劓，剕，宫，大辟。据说墨是在额上开刀，涂上些墨；劓是割鼻头；剕是斩脚；宫是割生殖器；大辟是杀头。我想，把天生在口中的牙齿活活地拔脱，同割鼻头割生殖器等实在相差不多。我又不犯法，何苦自讨刑罚吃呢！至于牙痛，饮食不便，我那时认为是天命，同下雨下雪一样，不可避免，忍受而无怨的。因有这信念，我一向不请教牙医生。牙齿动摇了，让他自己慢慢地瓜熟蒂落。十七个以外，其余的牙齿，都是自生自落的。每落一个，自动摇至脱落，须有一二个月乃至二三个月的不便与苦痛，我都忍受过来了。现在这十七个的拔光，在我身心是一大革命。现在真齿已拔光，假齿尚未装。正是革命尚未成功，医师仍须努力呢。

我这个决心的由来，在于许钦文先生。胜利复员后，他住在西湖上，与我相近，因得常常相见。有一次，他来看我，满面喜气。我说“你近来很好，脸色红得发紫了”。他说：“我最近镶了牙齿。”我诧异地问：“镶牙齿有这样效果?”他说：“很好，夫妻不讨相骂了。”我反对拔牙的信念，被这句幽默的话开始动摇了。就问他详情。他告诉我，是请附近的易昭雪牙医师拔的，一点不痛，费也不贵。我相信他不是诱我去拔，因为他并不知道我有牙患。这时候我才向他诉苦，他就怂恿我去拔。他说，“这牙医生是你的读者，我几时不妨请他到你这里来看看，你再决定。”我口上拒谢他，心中半推半就。因为“拔了牙夫妻不讨相骂”这句话，在我心中起了妙用。这件小事竟可以齐家；推而广之，又何尝不可以治国平天下？我们不妨来个口号：“拔牙救国！”幽默可以动摇我这顽固的信念，推而广之，又何尝不可以启聩反馈？我们不妨又来个口号：“幽默救国！”我心中忐忑了一夜，拔牙和幽默终于救了我口中的国。

此后有一天，我自动地走进易医师的诊所，去躺在他的椅子上了。经他检查的结果，确定非全拔不可。他要先拔一个，我不肯，说明天再来，我就走了。这些牙齿好比被宣判了死刑。这一天晚上，我用舌尖舐舐看，发生异样的感觉。虽有迎新的希望在前，但弃旧的依恋不免伤心。好比亲生的子女，无论他怎样不肖，当生离死别的关头，总不免一番依恋。啊，我与你们相处已经四五十年，我们一向形影不离，痛痒相关。这四五十年之间，我没有一次不同你们同桌而食，同枕而寝，同心而言。我对你们，比对我的父母妻子亲昵得多！我实在舍不得离弃你们，我很想与你们共生死。但是你们太无义气，这几年来害得我好苦！我也只得硬着心肠，抛弃你们。从明天起，一个一个走吧。——这天晚上，我向十七个牙齿告别。

“许钦文不要是替牙医师做广告？我上当了！”当我第二天坐在易医师椅子里，打过麻针，张大了嘴等他来拔牙的时候，我心中忽然慌乱，作如是想。但到这地步，临阵逃脱是不行的了。我就师法阿Q，退一步想！假定没有卅四年八月十日夜之事，而日本鬼子打到独山之后一路北上，直向重庆，我无处逃生，势必做顺民，当汉奸，或在受苦刑，吃炸弹。……遑论胜利复员，重见西湖呢！假定事前日本鬼子预先通知我：“倘你肯把牙齿拔光，我们就不打过来，而且无条件投降。”如果这样，我一定一口答允，情情愿愿，高高兴兴地把十七个牙齿拔光，无论怎样痛，我不叫苦。现在我就假定这样吧。谁知我正在幻想的时候，钳子离开了我的嘴唇，易医师轻轻地说："好了，请漱口。"我以为他在爬扬牙肉的时候，其实就是拔出了。的搭一响，我的身体上的一部分——牙齿——已经落在他的盘子里。我漱漱口，第一口略略带红，第二口就不见血。医生问："丰先生，这颗牙齿拿回去作纪念么?"我说"不，不要。"我心中想："许钦文说他是我的读者，他确有资格。他不是冷酷无情的医生，能够体会文艺的心情，说出这句话来。"但我近来讨嫌这种文艺的心情；在宗教的心情之下，这种惺惺惜惺惺的文艺心情，有点儿女子的痴态。因此我说"不要"，让他随意抛弃，日久化作泥尘，与我身异途同归，岂不善哉。

我第二天赴诊所时，不但恐惧之心全消，又怀抱了一种希望——拔光以后，装了新牙以后的新生活的希望。我坐在黄包车里屈指计算：还有十六个牙齿，今后一天拔两个，一天休息，再过十五天可以拔清。拔清之后再过一个月，可以装新牙。这样算来，一个半月之后，我有福了。但是我的拔牙成功异常迅速。第二天拔两个，医生叫我第三天休息，我不肯，又去了两个。到第四天休息。因为我拔时既无苦痛，回家又无反应，同不拔一样，就懒得休息，贪图速成了。结果，十一天已完全拔光。比预算提早了五天。只是一点苦痛：拔牙期间，不得饮酒。我每天的晚餐因而废止。我不吃白酒而爱吃黄酒。自从贵州遵义迁居有渝酒的重庆之后，五年以来，我的晚酌不曾间断过。尤其是回到了杭州，花雕远胜于渝酒，我的晚酌也调整，由十两张到一斤。这十一天内，每天缺少了一斤酒，怪不自然。黄昏枯坐炉旁，冬夜长得可怕。后来想出一种偷酒吃的办法：拿服药用的有像皮头的玻璃管，吸几滴酒，注射到喉头，直吞下去，使酒不触犯拔牙的创口。这么办，虽不过瘾，聊胜于无。次日医生送我出门时，叮嘱我勿吃酒。我疑心我的偷酒被他看出了。但我始终瞒着他，直到拔光了，方才如实招供。据医生说，这偷酒其实不好。因为不但防酒侵入创口，又恐饮酒多了，血行快速，可使创口流血。我的偷酒，幸而没有出毛病。这足证我偷的不多，或在足证我身体还好。

我拔光牙齿，至今已经廿四天了。其间口中空荡荡的，被老朋友们骂作“无耻之徒”！其间饮食略感不便，只吃豆腐，鸡蛋，牛奶，白塔，稀饭，烂面而已。但有酒喝，亦不觉苦。说话起初也略感不便，会客更苦；后来渐渐习惯，能用上颚代替上齿，而发一切唇齿音了。我所感不便甚少，而快适甚多：坏齿拔光，口腔内不再发生痛痒，以前头晕脑胀，浑身不舒，沉默扫兴，迁怒冒火等病，如今永远消除，不再发生；但觉口齿清净，无牵无挂，泰然自适了。这又好比杀尽了贪官污吏，从此天下泰平，安居乐业，民众十年来所忍受的冤苦，如今彻底昭雪了！医师名叫“易昭雪”，在我觉得名符其实。我写了一副四言联送他，文曰：“技进于道，人胜造天。”他的技术的确高明，上联已经证实。再过半个月，我装新牙了。我希望下联也证实。

卅六年十二月廿二日于西湖

新年话旧[①]

四十年前，我做小朋友的时光，过新年真是一年中最大的乐事。这是现在的小朋友们所未曾逢到过的。所以我讲给你们听听。

那时没有阳历，大家用阴历。所以很专一，不像现在的有人用阳历，有人管自用阴历；有人一年过两次年，有人一次也不过。那时一到正月初一，全国各地，不论城市乡村，不管老幼男女，不论贫富贵贱，一切人，大家空闲，大家崭新，大家快乐。好像从这一天起，天上换了一个新太阳，人间换了一种新空气。

我家是开染坊店的。平时早上拔开店板，晚上关上店板；白天顾客进出，晚上店员睡觉。我们做儿童的是

---

① 载 1948 年 2 月 1 日《儿童故事》第 2 卷第 3 期。

不许去店堂内吵扰的。但到了元旦，白天店板至拔开两块，让光线透进店堂里；店堂忽然变了游戏场。男女老幼，伙计学徒，邻人客人，谁都可以进去游戏。庆年锣鼓，掷骰子，推牌九，踢毽子，放花炮，捉迷藏……每个人的嘴巴张开。天天骂人的老爹爹，天天板脸孔的管账先生，这一天也把嘴巴拉开，来参加游戏了。

走到街上，家家闭户，店店关门，好似发了紧急警报的时候。但见满街穿新衣的人，红红绿绿，花花样样，好似做戏。茶馆，酒店，烧麦摊，挤满了穿新衣服的人。老头子穿着天青缎子马褂，在路上踱方步；老太婆穿着红绸棉袄，在人丛中乱挤。乡村的女人，这一天全体动员，浮出在大街上；个个身上裹着摺印很明显的新衣，脸上涂着很厚的白粉。青年小伙子穿着花缎袍子，钻来钻去看女人；或者在到处的摊头上赌博。自元旦到初四，四天之内，赌博开放，街路上到处是赌摊。每个人的袋袋里有的是闲钱，这钱是去年底特地留着新年里使用的。所以我们的故乡有一支歌：

廿七廿八活急杀。

廿九三十勿在家。

初一初二扮赌客，

你无铜钱我有啦！

意思是说人们欠了债不还，留着新年里作赌本钱。从前，买东西通行欠账，到年底还清的。所以到了廿七，廿八，将要还债了，人就“活急杀”。到了廿九，三十，人就逃走，有人来讨债，说“不在家”。到了开年元旦，他就拿留着的钱去赌，而且很慷慨，如果你没有钱，“我有”！那时的习惯，一到元旦，大家见面时要说“恭喜”“发财”，不准说不吉利的话，不准讨债。如果有人说不吉利话，或是向人讨债，就要吃耳光，而且要替那人保一年中的吉利。如果这一年中那人有了不利，就要他负责赔偿。所以讨债必须在除夕。天一亮，就不准讨债。元旦黎明的时候，常见有人提了灯笼向人讨债。提着灯笼，表示天没有亮，还是除夕，还没有到元旦，还可以讨债。如果不提灯笼，就要被人打耳光了。

我从小对于赌没有兴味。所以赌摊上的事我全不知道。我还记得几种我在新年里最欢喜的玩意，现在给小朋友们谈谈。我最喜欢放花炮。大人们给我的压岁钱大半给花炮点里。最好看是“万花筒”，放出火树银花来，又高又大又亮；若是摆在河岸上放，倒影里又是一株火树银花，更加好看。但是万花筒价钱贵，我的压岁钱不能多买。所以我最多玩的是“雪炮”，一颗闪亮的流星，从炮口飞出，有时可以飞到隔河对岸，有时可以飞上远处的屋顶，真是好看，而且痛快。最经济的玩法，是买一串鞭炮，把它们拆开，一个一个地，用种种方法来燃放。点着引火线，“拍”地一响，是最原始最简单的玩法，我不欢喜。我去找一只洋铁箱来，把鞭炮点着投在箱里，其声铿锵，好比打碎一块玻璃。又拿一个甏来，把鞭炮投在甏里，其声幽闷，好比敲大木鱼。又拿一盆水来，等鞭炮的引火线烧入了内部，把它迅速投入水中，它在水中爆发时，钻来钻去，好像一只水老鼠。玩得腻了，它把鞭炮底上的黄泥用手指捻出，把上面的引火线拔出来，插在底下，倒立起来，就变成一个“小万花筒”。或者，把十几个鞭炮统统折断，折缝里露出火药来。使甲的折缝衔住乙炮的引火线，乙炮的折缝衔住丙炮的引火线，丙炮的折缝衔住丁炮的引火线……十几个互相衔接，然后将甲炮点火，折缝里喷出火花，将乙炮的引火线点着；乙炮的折缝里喷出火花，又将丙炮的引火线点着……这样，一连串放下去，好比一条火龙，非常好看。这是最经济而多变化的玩法。一串鞭炮，可玩不少时光。

正月半之前，有一种玩法，叫做“火炉头娘子”。

其法，拿一根稻草柴来，折成三节，把两脚各插入铜火炉的盖子上的洞中，好像足球场上的一个球门。再用两根稻柴心，做两只草标，挂在那球门上，使两草标的脚挂在空中。再拿一根鸡毛，一张冬青叶来。右手拿住鸡毛，放在铜火炉上烘，同时左手拿住冬青叶，将鸡毛按在铜火炉上擦刷。等到鸡毛热了，便把它拿到草标的脚旁边离开一寸许的地方，同时口中唱："火炉头娘子踢一脚!"那草标的脚就会踢起来，与鸡毛黏住。再把鸡毛放在两个草标的中间，同时口中唱："火炉头娘子交一脚!"鸡毛左右的两个草标的脚就会在鸡毛上相交。大人们说，这玩意必须在正月半之前可玩。我信以为真。后来年纪大了，过了正月半再玩这花样，仍旧很灵，始知这是一种物理作用：冬青叶在热火炉上把鸡毛磨擦，鸡毛生了电，就会吸动草标的脚。小时候不懂这道理，但见草标好像是活的，有知觉的，会听话的，看了真是好笑。

四个人在一起，我们有一种玩意，叫做"官打捉贼"。拿四张小纸，一张上写个"官"字，一张上写个"打"字，一张上写个"捉"字，还有一张上写个"贼"字。然后把四张纸卷好，掷在桌上。各人拿一卷，秘密地打开来看，不教别人知道。只有拿到"捉"字的人，应该自己先说："我是捉。"就要此人在其他三人中指出那一个"贼"来。此人就察看三人的面色，面色很高兴的，大约是“官”或“打”，面色呆瞪瞪的，大约是“贼”。他就指着那人说：“你是贼。”打开那人的纸来一看，果然是“贼”，捉的人很得意，便问“官判几句”？这时各人的纸都已打开，拿“官”字的人就说“打×句”！这“官”如果与这“贼”要好，就少说几句：“打一句!”或“打半句!”这“官”如果与这“贼”不要好，就多说几句：“打五十句!”或“打一百句!”于是拿“打”字的人就捉住“贼”的手打他×句。如果捉错了人，捉的不是“贼”而是“官”或“打”，“贼”就大喊“逃出”！而由“官”判“捉”的罪，说“官判×句”！就由“打”打“捉”×句。如果误把“打”当作“贼”，“打”也动怒，打起来重一点。这样，一次游戏已完，把纸收集卷拢来，再玩第二次。在这游戏中，拿到官的最高兴，因为他决不被打，只要判别人的罪。拿到“打”的也高兴，因为他也决不被打，而可以打别人。拿到“捉”或“贼”的，就要碰运气了。“捉”如果捉得牢“贼”，原也无罪，但倘捉错了，须得受罚。“贼”如果逃得脱，原也免罚；但倘被他捉牢了，须得吃打了。据我的经验，与其做“捉”，还是做“贼”好。因为“捉”要在三人中看出“贼”来，甚是困难，往往容易捉错。真个做“贼”的人，往往假装高兴的样子，使你看不出来；而做“官”和“打”的人，也很掉皮，往往假装胆小虚心的样子，使你误认为贼，捉错了受打。故“捉”被打的可能性很多。至于“贼”呢，巧妙地装假，往往容易逃脱。假装高兴，还是幼稚的办法；“捉”猜到你是假装高兴，一捉就着。更进一步的办法，是故意老实说：“啊！我是贼，你来捉我吧！”那时“捉”就被弄得莫名其妙，拿

不定主意，就把贼放走了。这种游戏，不限定在新年内做。但必需四个空人，故平时做的机会少，新年里玩的多。

我国废除阴历，改用阳历，到现在已经三十六年。但是废的没有尽废，用的没有尽用，弄得“驼子跌一交，两头勿着实”。又因实乱年荒，苦多乐少，故新年的欢乐，现在还不及我小时候的浓重了。听说今年寒假特别延长。小朋友们倘有空闲，不妨玩玩我上面所说的玩意。不过放爆竹还是不弄的好。我小时是住在乡间，在室外广大的空地上玩的。若住在都市中，房子狭隘，人烟稠密，就不可弄火，提放闯祸。

三十七年一月二日作。

乘火车[①]

以前我乘火车时欢喜带一册书，坐在车厢里阅读。后来不带书了，袖手坐着，旁观车厢里的动静——这是一部活的书，比纸印的书生动得多，精彩得多，真是耐人寻味，百读不厌的！

不说拥挤扰攘或发生事件，但看车厢里各人的坐位，已够耐人寻味了。同是买一张车票的，有的老实不客气地躺着，一人占有三四人的坐位。看见找寻坐位的人来了，把头向着里，假作鼾声；或者叹一口气，装作病人；或者举手指点那边，毅然决然地说："前面很空，前面很空！"谦逊老实和善的乡村人，大概会听信他的话，或者被他的辉煌的服装和神气活现的态度所吓倒，

① 载1948年4月4日《京沪周刊》第2卷第13期。

而让他安睡，背着很重的行李向他所指点的前面去另找“很空”的坐位。

有的人教自己的行李分占了自己左右的两个坐位，当作自己的侍卫。这行李若是方皮箱，又可当作自己的茶几。看见找坐位的人来了，拼命埋头看报，装作不见。倘对方不客气地向他提出：“对不起，先生！请你的箱子放在上面了，大家坐坐！”他会抗议指着别处说：“那边也好坐，你为什么一定要坐在这里?”说过管自埋头看报。谦逊老实和平的乡村人，大概会被他的神气和理论所吓退，让他坐在侍卫中间看报，而抱着孩子向他所指点的那边去另找“好坐”的位置。

有的人没有行李可作侍卫，便把身子扭转来，教一个屁股和一段大腿占据了两个人的坐位，而悠闲地对着窗外风景吸烟。在可坐三人的长椅上，他把大乌龟壳似的一个背脊向着坐在靠外口的邻人，而用一段大腿来占据靠窗口的坐位。这段大腿的上面的空间，完全归他所有。他可在这空间中从容地吸烟，看报。逢到找寻坐位的人来了，他把报纸堆在大腿上，把头钻出窗外，出神地看风景。怕交涉爱和平的好人知道这人讨厌，懒得同他争坐位，大概也就让他占双份，而向别处去找坐位了。

还有一种人，不取大腿策略，而用帽子之类的东西放在隔壁的坐位上。找坐位的人倘来请他把东西拿开，他就回答他说“这里有人”。正直善良的人大概会听信他的诳语，而扶着老年人到别处去另找坐位。

这些找位置的人，大都是好人；“好人”形似“弱者”，弱者一定吃亏，故好人在“与人争席”这一点上是吃亏的。倘使找位置的人是强者，那么车厢里就要演出种种丑剧来了。有的强者遇到躺着的人，定要他坐起来。躺的人说“前面很空”，他说“前面很空我不要坐，我偏要坐这椅子！”“这椅子上的空位大家坐得的！”于是两人闹起来。这强者倘遇到把行李作侍卫的人，定要他把行李放到高头去。带侍卫的人说“那边也好坐，你为什么一定要坐在这里？”他说“我看中这位置！”“你的行李应该放高头！”“你买几张票？”于是两个人闹起来。这强者倘遇到大腿政策的人，定要他坐正来，把腿放下去。如果那人不肯，这强者就用武力扳他转来，骂他“没有礼貌”，“不守公德”！骂得他非让位不可。于是两人闹起来。这强者倘遇到帽子政策的人，定要他把帽子拿开。如果那人说“这里有人”，他就用狡猾的语调说“他来时我让他”！这强者不用硬工而用软工。这幕剧就不是武戏而是文戏，更加耐人寻味了。这时候，我就要秘密注意这戏的进行，目不转睛地看它的后半。结果大都是说谎的人失败，没精打彩地把帽子拿开，让他坐下。到了证实并没有人的时候他只得腼颜地默认了自己的说谎。而那个人呢，意气轩昂地左顾右盼，仿佛在说：“你想骗我？老子不上你当！如今看你怎样！”总之，不论文武，结果总是侵占者失败，而强者胜利。往往演过武戏之后，失败者怒容满面地同他的敌人并着。他的敌人呢，得意洋洋地坐在刚才同他闹翻过的人的身旁。我看了这两个人，禁不住要笑出来。这两只脸孔的表情，大可写入漫画。

可怜的是找位置受骗或被拒绝而终于找不到的人。有的把行李放在车厢中央的通路上，别人坐的椅子旁边，当作凳子坐。有的抱了小孩，扶了老人，站在 WC 的门口。查票的来了，往往不涉躺着的人，放行李在椅子上的人，用大腿或帽子占坐位的人，却埋怨坐在通路上，站在 WC 门口的人，嫌他们妨碍交通，“骂脱两声”。

我觉得这是人类社会的缩图。故我乘火车时不必带书，袖手坐着，旁观车厢里争席的情状，已足够寻味了。

赠易昭雪牙医师[①]

余行年五十，剩齿十七，零落动摇，不堪驱使。嫌拔牙装牙之不自然，向不求医。丁亥冬，受许钦文兄之劝诱，求医于易昭雪牙医师。经一夕谈，即毅然发心：拔尽剩牙，改装义齿。凡旬有一日，全部拔尽，毫无苦痛。经一月，义齿装成。又经一月，而体帖惯适，俨若返老还童，新齿重生矣。夫齿之为物，位于感觉最敏之区域，营养摄入之要道。饮食言笑，端赖其力。行住坐卧，无时或离。实与我身有最亲切之关系。故义齿者，犹义子也。牙医师者，齿亲家也。义子有时不孝，义齿则久而弥亲。故我与齿亲家之相契，亦与日俱增也。昭雪爱好文艺，能唱青衣，又善饮酒。为人治齿，日无暇

---

① 载1948年7月10日《浙赣路讯》第316号。

晷。唯休沐之下午，停诊半日。辄来湖上，与余家诸少年蹴鞠唱戏。复与余对饮。余近闭门谢客，鬻画为生，日与纸笔为侣。与昭雪之为人治齿，日与针箝为侣者相似。惟求余画者，皆因雅兴。余之作画，亦复自得其乐。昭雪则不然：求其诊者，莫非苦患。而彼之施术，实负重任。真为世服务之精神，乃余所望尘莫及者也。余每与昭雪对饮，辄有此感。因作此记，书赠吾齿亲家。

装牙经验谈[①]

鄙人行年五十，剩齿十七，零落动摇，不堪供用。受易昭雪牙医师之劝告，全部拔去，改装全口义齿。幸赖易医师技术高明，拔时痛苦全无。所装义齿，亦形式美观，应用自然，可嚼炒蚕豆，无论花生米。惟初装后一个月内，却有几分不舒，过后方知，此“不舒”全由“不惯”而来。耐心装用一个月，定能因“习惯”而十分舒适。深恐无此经验之人，初装时叹苦说难，后悔莫及，或埋怨牙医师装得不好，因此自述经验，敬告同病者。盖鄙人自己初装义齿之时，亦曾叹苦，后悔，怀疑易昭雪牙医师之技术；一个月后，方知全是冤枉，反觉抱歉而感激不尽也。“习惯”能使义齿舒适之理由，陈

① 载1948年7月28日《申报·自由谈》。

述如下：

义齿是以牙肉为根据，把石硬的假齿装在牙肉上的。在常人，牙肉的职任是护持牙齿，使牙齿像树干一样坚牢地生在口中。故牙肉在牙根部最坚强，在外表部很软弱，用牙签剔牙，用力太大了，有时牙肉的外表部会出血。这足证牙肉的外表部是很软弱的。只要牙根部的牙肉用力将牙齿把持，牙齿就能出力咬嚼坚硬的东西。

现在你把所有的牙齿拔光了，牙根部的牙肉，不要再尽护持之职。让外表部的牙肉收缩下来，把拔牙的洞填满，然后来抵当石硬的义齿的托板。这样，便是牙肉的坚强部辞了职，而软弱部起来负重任了。好比一向闲散的人一旦当了繁重的差使，一定很感苦痛！所以义齿第一天装上，你嚼紧来，上下两排牙肉受托板的压迫，非常之痛。怕痛，只好不嚼紧来，不嚼紧，饭粒也咬不碎，何况硬物。这时候，就要后悔拔光，埋怨牙医师无能。不耐烦起来，把新装的义齿除下，宁愿用牙肉啃饭吃。但这是苟且偷安，不是好办法。因为长此下去，没有装用义齿的一天，那时你真要后悔了。我告诉你，初装的二三天，是紧要关头。这二三天内需要最大的忍耐。这二三天内只好吃些软的东西。吃素的话，豆腐，豆腐衣，乳腐，芝麻酱，花生酱等，都吃得动。吃荤的话，鸡蛋，鱼片，红烧肉等都吃得动，营养都不差。暂时不吃笋，香菌，和鸡鸭排骨之类，有什么关系呢?

忍耐了三天，第四天一定能嚼稍硬之物。我的经验，是吃核桃。核桃比饭硬，比花生米软，我认为是最适当的试练物。要嚼得慢。摘取黄豆大的一小粒核桃，用手指好好地放在臼齿中间，教臼齿咬住，然后嚼紧来。一，二，三，四，嚼的速度同柔软体操的动作一样快慢。嚼到后来核桃自会嚼烂，香喷喷，油噜噜的滋味，自会感到。这是你最初受义齿的孝敬，苦尽甘来的初步。核桃之外，还有燥的饼干和糕（例如状元糕，香糕），也都是很好的试练物。嚼起来“沙沙”地响，还可助长义齿的威风。由核桃，饼干，糕等物引导，慢慢的吃更硬的东西。一两个月之后，你可吃花生米和炒蚕豆了。

我装牙至今半年有余，已经完全习惯，应用自然，不辨其为真假了。在这里我懂得了一点道理：人体的器官多少，原是没有一定的。假如从古以来上帝只给人生一只手和一只脚，人也会习惯而满足，不会要求两只手和两只脚。假如从古以来上帝没有给人生鼻头，人从来没有闻到过香臭，也会习惯而满足，不会要求有鼻头。再从积极方面说，假如从古以来上帝给人在头上多生一个器官叫作 X，这 X 能听见远处的声音，同现在的无线电收音机一样，人用惯了这器官，认为当然应该有的，缺少了便认为疾病。人用惯了牙齿，也认为当然应该有的，缺少了便认为疾病。假如从古以来上帝给人背上生一对翅膀，能随时起飞，同现在的飞机一样，人用惯了这器官，也认为当然应该有的，缺少了便认为残废。可知人体的器官，可多可少，原无一定的。所以世间少一目的人，习惯之后，视觉同我们一样灵敏。少一腿的人，习惯之后，走路同我们一样快。我曾见过每手只两根指头的人，因为习惯了，一样可以取物，写字，甚至弹琴。我曾见过两手都没有的人，因为习惯了，居然能用脚趾数钞票，推牌九。可知人体的器官，多少原无一定，习惯之后就自然。假定从古以来上帝没有给人造牙齿，牙齿必须用人工装置，那么，我正是一个普通健全的人，因为我同你们一样能嚼东西吃的呀！

我常作如是想，所以我对于我的义齿十分满意。就把这经验谈和感想写出来，挂在易昭雪牙医师的诊所里，并普告世之同病者。

（卅七年七月于杭州。）

女人专家[1]

对于某学术富有天才，而研究之，就成为某专家。例如数学专家，雕刻专家等皆是。我现在所要说的那个人，也是一位专家。但他所富有天才而研究的学术，叫做“女人”。他自己是男人，但他能表现女人的声音笑貌和态度，表现得比女人更“女”。因为他能用极明敏的感觉来采取一切女人所有的最美的特点，集大成而为标准的、模范的、十全的女人。好比画佛像，采取一切相貌所有的最美的特点，集大成而为标准的、模范的、十全的相貌。这位女人专家就是梅兰芳。

---

① 载1948年10月《青年界》新6卷第2期（总83号）“人物素描特辑”。

台北双十节[①]

小朋友们：我到台湾游玩，正好逢到双十节。台湾，原是中国的。五十多年前被日本夺去。抗战胜利了，他们方才归还我们。台湾沦陷了五十多年，到卅四年十月十日，开始有双十节。今年是第四次过双十节。我在台北看到这景象，觉得很新奇，而又很快意。就画一张画，寄给你们看。请看：这张画里，中央有一个高大而简单的石牌坊。这是沦陷期间日本人造的牌

① 载1948年11月1日《儿童故事》第2卷第12期。

坊，叫做“鸟居”。用四条大石构成，非常简单。两旁还有几个像亭子的东西，也是日本人造的，叫做“神灯”。在日本，有庙宇的地方，大都有鸟居和神灯。这完全是日本特有的建筑。这种东西，就因为台湾沦陷五十多年之久的原故。我看了这些东西，觉得好像到了日本国里。但看这些东西的周围，有许多青天白日旌子飘摇着，又觉得明明是在中国过双十节。这感觉很新奇，有很快意。日本式的地方挂许多中国旗，不是新奇的么？台湾沦陷了五十多年，居然会收复，遍地飘着青天白日旗，不是快意的么？

三十七年十月十日于台北

南国女郎①

小朋友们：我现在台北游玩。今天给台北的女郎描一张画，寄你们看。台湾，原是我们中国的地方。五十多年前，被日本夺去。三年前，抗战胜利了，日本方才

① 载1948年12月1日《儿童故事》第3卷第1期。

归还我们。所以台北沦陷了五十多年。在这五十多年中，台湾女子的服装，本来仍照中国式。抗战中，有一次日本人强迫台湾女子穿日本女人的服装。说是要她们“皇民化”。台湾女子都是爱中国的，死不肯穿日本服装。但是日本人凶得很，台湾女子不敢完全反对他们的命令，就想出一个办法来，改用西洋式的服装：年青的女郎，上身穿一件衬衫，下面束一条长裙，好像跳舞衣，怪好看的。年纪较大的女人，上身穿对襟短衫，下面也穿长裙。这样，总算改了装，日本人也就算了。光复以后，穿这种跳舞式的衣服的女郎仍是很多。有一班时髦的女郎，效仿上海杭州的女郎，改穿旗袍。旗袍，在我们看来是老式了，但在台湾女子看来是最新式的。因此台北有许多裁缝店，专做旗袍。他们的招牌上写着：“最新流行江浙旗袍公司。”我那张画里就有得画着。我觉得，她们本来的跳舞式的服装很好看；但旗袍也很好。因为这样，可使台湾女子和内地女子服装统一，不分彼此，大家同是中国女子。

三十七年写于台北

杵舞和台湾的番人[①]

这里我画的一幅画，是台湾番人的杵舞。她们每人手拿一根舂米用的木杵，一面在地上敲，一面跳着唱歌。这种番人，本来住在深山中，与台湾人隔绝。后来渐渐交通。现在已有许多会讲台湾话，甚至讲国语。他们的生活已与普通人差不多。不过衣服还是特别，很华丽的。杵舞所唱的歌，是他们的土白，我们听不懂的。但觉得音调很悲哀。这本来是他们舂米时唱的。他们在地上掘一洞，洞里放一只石臼，石臼里放米。许多女人拿着木杵舂米，齐声唱歌。后来，生活进步，他们舂米也用电气，不用人力了。于是这种杵和歌，失去了实用性，专门当作歌舞之用。这杵舞可说是台湾番人的一种

① 载1949年1月1日《儿童故事》第3卷第2期。

艺术。

台湾的番人，现在已经很开通，同我们差不多了。但在三百多年前，他们非常野蛮，非常凶狠。有一个故事，我讲给你们听：三百多年前，清朝康熙年间，台湾是属于中国的。中国人到台湾去，不敢走进深山。因为番人见了汉人要杀。中国派一个人去教导番人，这人姓吴，名凤。吴凤能讲番话，到了台湾，对番人很优待，番人很爱护他，当他父亲一样。番人向来有一种习惯，

每年冬天，必须杀一个异族的人的头来祭他们的神明。吴凤教训他们，说杀人是不道德的，以后不可再杀。他们果然听从吴凤的话，不再杀人。过了多年，他们听了别的山里的番人的话，一定要杀人头来祭神明。他们对吴凤说："长久没有人头祭神明，神明要动怒，所以今年必须杀一个来祭神明。"吴凤再三教训，再三劝阻，他们不听。吴凤就对他们说："那么我准许你们，今年杀一个人头，以后不准再杀，好不好?"番人答允了。吴凤说："明天早上，有一个穿红衣戴红帽的汉人从山下经过，你们可把这汉人的头杀下，拿来祭神明。但从此以后，不准再杀人了。"番人听从他的话。

明天早晨，番人下山去，果然看见一个身上穿红衣而头上蒙着红帽子的人，低着头在山下走路。他们抢上前去，一刀把这人杀死，割下头颅，用布包好，提上山来。打开包布一看，原来是吴凤的头!

番人对吴凤非常敬爱，同父亲一样的，现在把他杀死，非常难过。许多番人对着头号啕大哭！后来把头和尸体合起来，好好地安葬。又造一只大庙，叫做吴凤庙，年年礼拜他。从此以后，番人感悔，真个不再杀人了。

吴凤牺牲自己的性命，来救许多汉人，又教好了许多番人。真是一个了不起的英雄！我游台湾，到过吴凤庙。我站在吴凤的神像前，深深地三鞠躬。

控诉日本罪行[①]

我在上海各界人民反对美国武装代表会议上，听了诸位代表对日本侵略者的暴行的控诉，非常同情，非常悲愤。我也吃过他们很多的亏，现在也要来控诉一下：

我亲身遭逢到的日本侵略者的罪行，有三件事：

第一件事：一九二五年，我们有七八个同志，对于当时的教育感到不满意，希望自己来办一个学校。这批同志包括已故的夏丏尊先生、匡互生先生等。我们都是没有钱的人，空手怎么办学校呢？幸而我在上虞白马湖买着一间小房子，就把房子卖脱，到手七百块钱。别的同志也大家凑了一点，一共有了一千多块钱。我们就在上海小西门租十幢房子，办一个立达中学。我们在这学

① 载 1951 年 3 月 3 日《新闻日报》。

校里，实行“教导合一”制，对同学实行“说服主义”。因此师生就同父母子女一般亲热，因此学生渐渐多起来。我们的领导者匡互生先生就发起在江湾自造校舍，改名立达学园，这房子的建筑费要三万元，我们哪里来这笔钱呢？说来好笑，我们没有造好先把房子抵出，抵借一万五千元，房子既然造成了，可容五六百学生。但是负了这笔债，只好大家刻苦节约，逐渐偿还。我们每个教师每月支二十块大洋的薪水，不论钟点多少，不论工作多少。这样刻苦了好几年，才把债还清。岂知刚刚还清，日本侵略者就来破坏我们了。

“一二八”的时候江湾彼日本兵骚扰，我们的立达学园被他们驻了兵。事平之后，我同匡互生先生雇了一辆小汽车，首先去探望，室内一塌糊涂，门窗地板都没有了。匡先生不屈不挠，东奔西走，设法修复，不久果然修好了，继续开学了。但是匡先生在奔走中被汽车撞伤，进医院开刀，终于死在医院里。我们损失了一个最有力的同志，这明明是间接被日本侵略者所杀死的。

“八一三”抗战的时候，江湾又被日本兵占据。那时候我已经离开学校，陶载良同志率领学生逃到四川，在四川复学。江湾的校舍就被全部烧掉，变成一片荒地。胜利之后，我们的立达学园逃难回来，无处可办，现在仍由陶载良同志领导，在松江租了几处房子，勉强开办着。

我们的立达学园的教育精神是很前进的，陈望道、夏衍、许杰诸同志都曾经是我们立达的导师。我们曾经产生过许多前进青年，如今立达已被日本侵略者毁坏了。

我现在向大会控诉：我首先要同日本侵略者算匡先生的一笔血债。并且还我立达的校舍——这是第一件控诉。

第二件，是我自己的房子。一九三四年，我版税多了，遵奉我母亲的意思，在故乡崇德石门湾就是长安车站附近，造了三间楼屋，名叫缘缘堂。房子虽然并不讲究，却很高敞。里面有我的藏书，一共有一二万卷。关于音乐、美术、文学、宗教、教育的，有中文的、有英文的、有日文的，还有许多名画，还有我的老师弘一法师出家时候送给我的许多宝贵的书物和纪念品。一九三七年抗战的时候，连房子统统被日本侵略者烧光了。

实足的“统统”，因为他们用迂回战，从上海打到了松江，不再沿铁路南下，而从西面绕道打到石门湾。我以为嘉兴不失守，石门湾还不要紧，岂知有一天，忽然缘缘堂门口架机枪了。这时候我家共有十个人（我们夫妻，六个子女，我的姊姊，我的岳母六十五岁了），我最大的女儿只十六岁。我率领了这一群老小，每人只带了一条被头，仓皇逃出，到桐庐马一浮先生家方才息足。后来日本鬼子打到杭州，我们又坐船西行，直到萍乡。在萍乡得知消息，我的缘缘堂就在我逃出后不多天被日本鬼子烧光了。我的书统统烧光了。我逃出时，身边只带一本小字典（日英袖珍字典），因为新买来的，舍不得放弃，带在身边。后来逃过拱宸桥，生怕书里有日本文，被当作汉奸，就忍痛把这书抛在拱宸桥河里。我的书一页页不曾拿出，统统牺牲了。

第二年我在桂林，曾经写过一篇《还我缘缘堂》，登在某杂志上。但是反动政府是勾结帝国主义的，人民的牺牲同他们没有关系，谁来替你向他们算账？我只是空喊了一回。现在有我们人民自己的政府，有今天这个大会，我真可以同日本鬼子算账了，还我缘缘堂来——这是第二件控诉。

第三件，是我自己亲身所受到的苦难。逃出缘缘堂以前几天，日本飞机到石门湾轰炸，两架飞机，在小小的七八百家户口的石门湾投了十二个炸弹，一共炸死七八十人，我的亲戚朋友炸死了十多人。我们一家伏在缘缘堂中，不敢逃出来，怕机枪扫射。但是缘缘堂很高，只造得两年多，很新，目标很大，一个炸弹丢在我后门外三四丈地方，家里的热水瓶水烟筒从桌上翻下。小孩哭了，老太太念佛了，我吓得心惊胆战，幸而没有被炸死。

逃出以后，因为极挤，顶上都坐人，况且常被炸，我家有六岁的小孩和六十五岁的老太太，无论如何上不得火车，只得坐船走水路。从桐庐直到萍乡（只有玉山到上饶水路不通，坐了一段汽车），一共走了两个月。一路起居无定，风餐露宿，到了广西贵州之后，水土不服，我生了两场大病，我的身体从此弄坏了。我的胡须逃出来是全黑的，到萍乡白了三分，到广西生伤寒病，又白了三分，到贵州生痢疾，又白了三分。现在白到九分不止了。我今年名为五十四岁，实足年龄只有五十二岁半。往常人家问我年龄，我回答了，人都惊奇。免得人家怀疑，我有时多说了十岁，说六十四岁了，人家还说我老得快。这次会议的特邀代表中有比我大二三十岁的，相貌比我年轻，牙齿都很好，而我的牙齿全口是假的了，假牙齿也还可用，胡须白自己看不见，也还在其次，最苦的是我常常生病，去年一年中就有半年生病，这妨碍我的学习，我的工作，最是可恨。我的身体明明是被日本侵略者弄坏的。假如不逃难，我身体一定还要好，我的胡子一定不会白。我这白胡子是日本罪行的一种证据。熊佛西先生解放后把胡子剃脱了，但我不剃，我要保住这日本罪行的证件，直到血债还清了我才剃脱。

我完全拥护刘长胜主席的报告。我完全恪守爱国公约。我坚决反对美国武装日本，我们一定要打到美日帝国主义，清算血债！那时我胡子就剃脱。

上海市第二届第二次各界人民代表会议代表发言（摘要）[①]

严厉镇压反革命，已成为当前每一个市民的重大的任务。解放后的两年来，上海人民对待敌人“宽大无边”已经得到了教训：对于这批毒害人民的反革命分子的宽大，便是对于人民自己的残忍！他们不断地破坏我们的生产，杀害我们的革命干部，用种种方法毒害市民。这些数不完的下流的毒辣的阴谋，正说明了我们人民和这批反革命分子是不共戴天的。只有严厉的镇压，才能使我们安居乐业；只有彻底的肃清，才能为我们未来的伟大的建设取得成功的保障。

我们不必惊奇：在开始镇压反革命分子的时候，对

① 载 1951 年 4 月 17 日《解放日报》。

于这一问题认识不清的一小部分市民，也许发生不必要的思想波动。他们有的离开自己的岗位而站在这斗争外面，即所谓“各人自扫门前雪，不管他家瓦上霜”。有的动了不正当的“恻隐之心”，对他们的被杀觉得“可怜”。诸如此类的错误思想，我们必须予以教育。而对于这一教育工作，我们文化艺术界同志是义不容辞，应该首先担负起来的。据我个人所听到的，这次镇压反革命分子，工作办得百分之百的正确，绝对没有一个是冤枉杀的。例如我的故乡崇德县，最近正法的反革命分子，个个是罪大恶极，死有余辜的。这不是我说的话，却是最近从崇德来上海到我家作客的一位亲戚——一位老太太——说的话。她屈指数给我听，某人作过什么恶，该死；某人杀过多少人，该死……她又说，每杀一个人，街上的人大家称快，她打崇德土白说：“括人勿杀，杀辩人?”（这种人不杀，杀哪个?）崇德如此，别的地方也必如此。可见政府在逮捕与判决每一个特务中，都与广大人民结合。人民非常清楚：谁是特务，谁不是特务；谁有罪，谁没有罪。所以政府与人民结合，而镇压反革命分子，是决不会杀错人的。

上海人民在抗美援朝，反对美国武装日本等运动中，思想认识都已提高一步。在今天，基本上已认清了帝国主义的侵略本质，割断了与帝国主义在思想上、经济上的联系。那么，通过今后严厉镇压反革命的伟大运动之后，上海人民的思想必然更加提高一步。那就是：划清敌我的界线，提高政治的警惕；只有站在人民自己的立场，才能成为无敌的人民。我们美术界、音乐界，过去在反特宣传上曾经做了一些工作，但是还很不够，今后，我们必将更进一步加强美术界、音乐界同志对反特问题的认识，努力创作反特作品。利用大规模的音乐会、展览会，和小型的流动展览会、报刊、广告牌、霓虹灯、幻灯、连环图画等种种方式，进行广泛的宣传。但这些工作的完成，尚须政府与各界人民多多地督促和帮助。

我们完全拥护陈市长的报告中关于今后建设的明确方针。革命的目的，就是要扫除生产发展的道路上的阻碍，而求得生产的顺利的发展。劳动人民正是发展生产、建设国家的主要力量。因此，大上海的建设，以“为生产服务”，“为劳动人民服务”，“为工人阶级服务”作为方针，是十分合理的。每一个革命阶级，每一个革命分子，每一个人民，都应该拥护这一贤明的方针。

在今后的建设中，陈市长提到了文化教育的任务。他号召我们文艺工作者应该加强普及劳动人民文化娱乐。检讨我们美术界音乐界过去的工作，在这方面的确还做得不够。今天，我们美术界音乐界代表们在大会上向全市代表保证：我们将有计划、有步骤地提高我们的思想认识，多多地创作为生产服务，为工人阶级服务的美术音乐作品。一九五一年我们的美术音乐工作的成败，将以是否做好“普及劳动人民的美术”和“普及劳动人民的音乐”为衡量的标准。

我们充分地准备着信心和勇气，在政府与各界人民的监督与协助之下，做好我们的工作。

《童年与故乡》写者后记[①]

古尔布兰生这册书，是自己作画，自己作文，自己写字的。写的字当然是德文。吴朗西兄把它译为中文；为要保存原书的特色，嘱我代为写字。我从来没有做过这种工作，但也居然鼓着兴趣写成了。

古尔布兰生的画，充分具有写实的根柢，而又加以夸张的表现，所以能把人物和景物的姿态活跃地表出。他的文字近于散文诗，也很生动。他把童年在故乡所为，所见，所闻的精彩的片断，用绘画和文字协力地表现出了。有的地方文字和绘画交互错综，分不出谁是宾主。这种艺术表现的方式，我觉得很特殊，很有趣味。这可说是一种特殊的连环图画。今日我国歌颂解放，宣

---

① 《童年与故乡》，挪威奥纳夫·古尔布兰生作，吴朗西译，文化生活出版社 1951 年 6 月初版。

扬政治的作品，作者倘能采用这种特殊的表现方式，一定可以增多阅读的兴味，加强宣传的效力。因此，我赞成这书的出版，并且乐为书写。

译文，朗西兄用很忠实的直译的笔法；但我书写的时候，为欲迁就中国语法的习惯，有几处把句法加以改造，有时添加几个字，有时减少几个字。写好后，朗西兄用原文对勘一遍，认为无妨，就此出版了。但是，假使有失之不忠实之处，那是我的责任，谨在此声明。

一九五一年六月三日　丰子恺记

检查我的思想[①]

过去三十多年间，尤其是在这期间的上半，即抗战之前，我写了许多艺术理论，画了许多画，由开明等书店出版，流通于中国。我写这些艺术论和绘画，完全不是出于马列主义和毛泽东文艺思想的，而是出于资本主义艺术思想的；我的立场，完全不是无产阶级的，而是小资产阶级的。因此我过去的文艺工作，错误甚多，流毒甚广。现在检查我过去思想错误的根源，发现下列四点：

我一向看重自己的趣味

（一）趣味观点：我过去写作，一向很看重自己的趣味，兴之所至，任情而动，不问为何人服务。当时自

---

① 载1952年7月27日香港《大公报·文艺》第253期。又载华东人民出版社1952年8月版《教师们的思想改造》。

以为是天才流露、性灵表现；今日回顾，完全是个人主义的思想！拿事实来讲：我十七岁入浙江第一师范，最初三年为好高的自尊心所驱使，勤于一切课业，每年考第一名；但到了最后两年，李叔同先生教我们艺术课，我的趣味忽然集中于绘画和音乐，把其他一切师范功课都抛弃，因此后两年我都考在第二十名以下。我在这两年中，常常背了画箱在西湖上写生，或者躲在音乐室里弹琴，后来勉强地师范毕业。现在回想，前三年的普遍用功，是出于个人英雄主义的好高心的；后两年的不顾一切而热中于艺术，是出于趣味观点的。我家家境不好：父亲中了举人，科举即废，闲居在家，肺病而死，其时我只九岁。母亲靠一爿祖遗的小染坊店的收入，来抚养我们姊弟五人成长，家庭经济很困难。照理我师范毕业后，应该当教师，帮母亲赡家。但我不顾这一切，我又为趣味所驱使，一定要专修艺术。我向富有的亲戚借了一千多块钱，东游日本。我在日本，入洋画研究会，音乐研究会，晚上又入外国语学校。因为我的趣味普及于绘画、音乐和文学，就不自量力，三者兼修。结果一年之后，金尽归国，落得个一事无成。归国之后，不得不当教师，拿薪水来维持生活又还债（那时我已娶妻，生二女）。生活负担压迫了我的趣味观点。然而在生活压迫略略放松的时候，我的趣味观点又抬头。直到现在，这种小资产阶级的自由主义思想在我心中还没有出清，我正在用马列主义思想来根除它。

我的利名观点

（二）利名观点：不说名利观点而说利名观点，因为我回国后生活担负很重（我共有子女九人，死了二人，现存七人），我的译著的动机主要是为利的。我最初在上海专科师范等学校任课。后来到浙江上虞白马湖春晖中学当图画音乐教师，与夏丏尊先生等共事。那时我年二十五岁，开始翻译屠格涅夫的《初恋》，接着又译日本厨川白村的《苦闷的象征》。翻译的动机，小半是趣味所在，大半是为稿费和版税。因为那时我月薪只七十元，还债和家用是不够的。然而前者《初恋》因为当时认为诲淫，没有人肯出版，一直搁了十年才由开明书店出版。所以我第一次译稿问世，还是《苦闷的象征》。那时我有许多朋友在书局任编辑，我译的《苦闷的象征》，由朋友介绍，居然由商务印书馆出版。以后我便继续译述欧美、日本的各种艺术论，向杂志投稿，或者出单行本。胡愈之编的《东方杂志》，沈雁冰、叶圣陶编的《小说月报》，周予同编的《教育杂志》，杨贤江编的《学生杂志》等，都是我当时的稿费的来源。凡我所理解而略有趣味的欧美日本的书，我都翻译或节译。绘画、音乐、雕刻、建筑、文学，甚至教育、儿童，我都染指，我的译著形似一爿杂货店。所以变成杂货店的原因，就是为了我作这些工作的动机完全是为利。凡是有销场而我的能力所及的，我无所不为。我的画，即所谓《子恺漫画》（郑振铎先生给我取的名词），起初是由于趣味观点而作的（因为回国后生活困难，无力作油画，偶用毛笔作简笔画，聊以满足趣味），后来发现有稿费可得，就为利而作。尤其是逃难到四川以后，卖画为生，迁就买主的趣味，在人物画中加些我所不擅长的山水为背景，以册页、立轴的姿态卖给老板们及富裕的知识分子作为房间装饰。这时候，我的利名观点已经完全制胜了趣味观点，我已经变成一个商人，跟在资产阶级的后面，想分他剥削来的肥利的一瓢羹，而结果所得又极微细。因为我不会交际，开画展都是硬碰硬的，成功时少，失败时多。当时我也发觉这工作的无聊，几次想投笔。但是流亡中的家庭担负（其时子女七人均未成长，从浙江流亡到四川，连亲戚共十二三人，全靠我一人担负）不许我如此，我就以此为理由，一直卖画。现在回想，这全是小资产阶级的个人主义的、家庭本位的、利名观点的思想所使然。

为艺术而艺术的思想

（三）纯艺术观点：我过去的艺术观，完全是从资产阶级的为艺术而艺术的思想出发的。我探究这思想的来源，发现有两个：第一，是李叔同先生的影响。李先生是写实派而略带印象派的油画家，而我独崇拜印象派画风。所谓印象派，是不讲画的内容意义，而专重光线和色彩的画派。稻草堆、水面、朝阳、落日、器什、花果……只要光线好，色彩好，都是写作的题材。我当时曾经醉心于这种纯技术。其实李先生并不注重这画风，我这学生却“青出于蓝”，变本加利地爱好它。我少有作油画的机会，但在我的艺术译著中，除了普遍地、不加批评地介绍欧美各种画派之外，特别强调地介绍印象派画风。我眼中完全不看见世界、社会、国家和人民大众，而只看见光线、色彩和形状，这是养成我的纯艺术观点的最初的原因。第二，是厨川白村的《苦闷的象征》的影响。前面说过，这是我平生第一册译作，我从它受得的影响更大。《苦闷的象征》中有这样的话：艺术是脱离实际，脱离实用的；文艺创作是无条件的创造生活；人只有在游戏（无条件的活动）时是完全的人；为艺术的艺术，即个人自由创造，才是真正的为人生的艺术。我对这话发生共鸣，更巩固了我的纯艺术的立场。其实，现在我才知道：我全是断章取义，全是对于厨川白村的误解。厨川白村所以作这种论调，因为处在日本反动统治之下的原故。倘那时日本解放了，他一定不把艺术称为苦闷的象征，也许要称为团结、斗争、和平、幸福的象征，而决不作这种论调。不然，鲁迅先生为什么也翻译这册书，而至今还载在《鲁迅全集》中呢？（我与鲁迅先生不约而同地同时翻译此书，同时出版。后来我由陶元庆介绍去访鲁迅先生，说明我的无心的冲突。这是我与鲁迅先生的初面。）不然，厨川白村后来又著《出了象牙之塔》，为什么我一直躲在象牙塔里呢？可见我心灵的深处原有资产阶级的纯艺术思想，里应外合地结合了《苦闷的象征》中的断片句语，造成我过去的思想错误。

旧人道主义观点

（四）旧人道主义观点：这种思想的来源，也有两个：第一是家传的旧道德思想。我父亲是举人，我祖母是女知识分子，我幼时读过四书五经。“温柔敦厚”是我的家教。我小时曾以“忠恕”、“温良恭俭让”为座右铭。因此一向缺乏斗争心，而确信感化主义。我的参加创办立达学园，就是这思想的事实表现。立达的创办人以匡互生先生为首，有夏丏尊、刘薰宇、陶载良先生等许多人，我也参加在内，而且以七百元卖脱了一间房子来作为创办费。我所以如此热心，是为了立达的感化主义的教育：不记过，不开除，教师与学生同兄弟姊妹一样共同生活；每个教师都担任导师，教课而外又指导学生的生活；学生犯了过失，教师苦口地说服他，匡先生甚至对他们流涕；校中捉牢了偷儿不送公安局，也用劝导和说服来帮助他改过自新……凡此等等，我都衷心地同意，因此热心地参加。我读夏丏尊先生译的《爱的教育》，常常流泪。现在回想，立达的精神，有几点是有意义的（例如导师制、说服主义），然而我的参加，完全为了我个人的缺乏斗争心、温情的旧道德观念的原故，也不外乎对于匡先生、夏先生的教育精神的片面的强调。第二，是佛教的影响。我生来不吃肉，是生理的素食者；后来李叔同先生出家为僧，我从他学习大乘，归依了他，做了佛教徒，虽然我这佛教徒是不念佛，不念经，又不戒酒的。佛教本身怎样，现在不谈；现在要谈的，是我局部强调了佛教中的“护生戒杀”与“人世无常”的意义，造成了慈悲与悲观的错误思想。我的

《护生画集》（此书三册，由佛教书局出版，大半非卖品，卖品亦只收印本，号召欢迎翻印，是一种善书）便是前者的表现，我的随笔中时时透露人世无常的悲观色彩，便是后者的表现。在封建资本主义恶势力统治的时代，我不关心于被压迫人民的苦痛，而斤斤于动物生命的保护，真是“明足以察秋毫之末而不见舆薪”！对于扩展于全世界的反帝国主义的火热的斗争，我视若无睹，而独自感伤于人世的无常，正是个人主义的典型的表现。这种思想使我远离了集体主义生活，而变成孤独。我的画中，描写儿童生活的甚多，便是生活局限于家庭的小圈子而从来不知道集体生活的原故。我的画集《人间相》等，也描写穷人的苦痛，对社会的不平等表示讽刺，又多写劳动者的姿态。表面看来好像是前进的，其实，正如毛主席所说，我是屁股坐在小资产阶级而描写这些工农生活的。我有一幅画，描绘女人为一军阀拔去头上的白发，题曰“公道世间惟白发，贵人头上不曾饶”。表面看来是讽刺贵人的，其实正是人世无常的思想的表现。可知我过去旧人道主义思想很浓重。这旧人道主义有时表面上会用进步的形式而出现，而根本上全然是不健康的、病的表现。

上述四点，合力造成了我的思想的混乱与错误。此外，我的二十六年来的（我三十岁起不任职务，闲居家中，直至现在。惟其中逃难到大后方时因生计关系，在浙江大学等任课三年）离群索居，助成了我的脱离群众的习惯；解放以来虽然常常出席各种会议，然而旧习的影响还是存在。总之，我的思想错误，由于过去脱离群众，不问政治，不能认清阶级立场，对于阶级斗争袖手旁观，因而长年地从事于为资产阶级服务的纯艺术工作，而使我的错误思想广泛地流毒在人间。今天，我要向广大群众表示由衷的忏悔。

我的思想改造计划

我的思想改造的动机，发生于一九四九年冬。在先我读了毛主席《延安文艺座谈会讲话》，不能全般接受；续读马克思《资本论》，再读《延安文艺座谈会讲话》，方才信服了。我要求再多学习，但旧日的好高心使我不满于阅读国内的译作，想向社会主义的先进国家苏联求深造。一九五一年元旦开始，我摒除一切，从事俄文学习，埋头两年，总算能够看俄文的文艺书了。然而苏联革命已有三十多年，比我国先进得多；我在俄文的书籍中所看到的，大都是民主文化前途的光明灿烂，而其中可以帮助我的思想改造的，并不很多。

因此我确定了，我的思想改造，主要的还靠学习本国的政治，即马列主义结合中国革命实际的毛泽东思想。因此我定下三条具体计划：一、加强政治学习，普遍地阅读各种文件和书籍；二、加强业务学习，多多地把今日中国人民所需要的苏联文艺介绍过来；三、加强集体生活思想，参加各种应该参加的集会。

我过去好比患了肺病，整风的 X 光检查出了我的病状。今后只要好好地疗养，定能恢复健康。马列主义结合中国革命实际的毛泽东思想，好比是空气和日光，是我的最良好的营养品。我确信，在党的领导之下，在群众的督促之下，我认真学习，必能改正过去一切错误思想，而成为一个能为人民服务的艺术工作者。

《阿伊勃里特医生》译者序言[①]

《阿伊勃里特医生》是朱可夫斯基著的苏联有名的童话。莫夫罗夫把它编成芭蕾舞剧。这芭蕾舞剧在苏联获得广大群众的赞誉，尤其是青年、少年们的欣赏，作者及演员们曾经在1947年获得斯大林奖金。

波略柯娃替青年、少年们解释这芭蕾舞剧，便写这册书。这书于1951年由苏联国立音乐书籍出版局刊行。书中叙述这芭蕾舞剧各幕中所演出的情节，所奏的音乐，各种主题的性状和意义，尤其是主角的精神和剧中的中心思想。这书是帮助青年、少年们欣赏这芭蕾舞剧的。

这剧所根据的朱可夫斯基的童话之一，中国已有译

---

① 《阿伊勃里特医生》，波略柯娃著，万叶书店1953年1月初版。

本，即开明书店版、吴朗西译的《好医生》。而芭蕾舞剧则尚未在中国演出。我先把这书译出来，因为我预料这有名的芭蕾舞剧不久会在中国的青年、少年们面前演出的。

一九五二年六月八日 丰子恺记

彻底消灭胡风集团[①]

我以前曾经听有些文教界朋友说，胡风问题是文艺思想上的问题；有些美术界朋友说，胡风同我们美术家不大有关系。现在看到了关于胡风反革命集团的第三批材料，方才吃惊地知道，胡风集团原来是同蒋介石匪帮有密切联系的。胡风集团中的许多骨干分子很早以来就是蒋介石国民党的忠实走狗。他们同帝国主义国民党特务机关有密切联系，长期地伪装革命，潜藏在进步人民内部，干着反革命勾当！

第三批材料向我们证实：胡风和阿垅等反革命分子衷心地拥护或者积极地参与了蒋匪发动的反人民内战，他们对中国人民革命的胜利表现了强烈的仇恨和恐惧。

---

① 载1955年6月22日《人民日报》。

胡风集团在全国解放后不断地秘密商议，制定反革命的策略和计划，向党和人民猖狂进攻。胡风分子千方百计地打入共产党内，以便窃取党内文件，探听党内情况，里应外合地从事各种反革命活动。胡风集团诋毁党的文艺方针、文化政策，仇视党所发动的对资产阶级思想的批判和关于马克思列宁主义的宣传，甚至疯狂地仇恨人民民主专政和新社会的一切，梦想中国共产党和人民革命政权的灭亡！

这样罪大恶极的勾当，难道只是文艺思想问题？难道对美术界不大有关系？可知我们都受了他们的伪装的蒙蔽，现在非大大地提高警惕不可！

胡风集团的骨干分子彭柏山和刘雪苇，曾经长期地在上海活动，并且占据领导的地位。我们美术界也曾经受过他们的“领导”，一定受过他们的欺骗或毒害。我希望大家更深入地揭发他们。

严惩怙恶不悛的胡风反革命分子[1]

当初，胡风问题开始揭露的时期，美术界的朋友大都说，这是文学界的问题，与我们美术界的关系不大。的确，有许多美术家一向不知道胡风这名字。就是我自己也是略闻其名而一向未晤其人，未读其文的。我也认为这问题和美术界不大有关系。自从在报上看到了第一批材料之后，我们开始注目起来，警惕起来。直到看到第二批材料和第三批材料之后，回想起来竟有些惊心动胆！我们的警惕性太差，真是太麻痹了！

第三批材料向我们证实：胡风集团同国民党特务机关早就有密切关系，胡风、阿垅等是蒋介石国民党的忠实走狗；胡风集团在全国解放后不断地私密商议，制订

① 载1955年《美术》7月号。

反革命的策略和计划，向党和人民猖狂进攻；胡风分子打入共产党内，取得党员称号，窃取党内文件，探听党内情况，里应外合地从事各种反革命活动；胡风集团诋毁党的文艺方针和文化政策，仇视党所发动的对于资产阶级思想的批判和关于马克思列宁主义的宣传；甚至疯狂地仇恨人民民主专政和新社会的一切，梦想中国共产党和人民政权的灭亡！

这个反革命集团正是全国人民共同的大敌，我们六万万人必须群起而攻。他们拿“文艺”作幌子，藉以蒙蔽人和欺骗人；现在，阴谋终于被揭穿了。我们站在文艺工作岗位上的人，应该更加积极参加这斗争。这集团历史悠久，范围广泛，处心阴险，行动诡秘。所以我们必须和全国各地各机关协力揭发潜伏着的胡风集团分子，继续努力发掘这集团的罪证。试看今日（六月十八日）的报纸：河北省张家口专区各公安机关破获六起反动会道门进行反革命活动的案件；吉林省公安机关逮捕一批潜伏在森林工业部门中的反革命分子。经过前年的大规模镇反运动之后，到了解放后第七年的今日，还有这些反动会道门在暗中活动，居然建立“大佛教”、“明眼教”、“原理天道”、“中央道”等名称，封“皇帝”，立“国号”，制定“国旗”，封“太子”和“三宫六院”……，这些事实告诉我们，我国内潜伏着的反革命分子着实还有，我们着实必须时时处处提高警惕。我们要肃清胡风反革命集团及一切反革命分子，当然必须尽更大的努力，作更坚决的斗争！

我们必须更深入地展开这一个斗争，彻底粉碎胡风反革命集团，及一切反革命阴谋，并建议政府依法严惩坚不改悔的胡风集团反革命分子及一切反革命分子。

一九五五年六月十八日于上海。

回忆李叔同先生[①]

距今七十七年前，即前清光绪九年，公历一八八〇年，阴历九月二十日，天津河东地藏前姓李的人家诞生了一位大艺术家。他首先把西洋艺术介绍到中国来，在中国美术史、音乐史、戏剧史上都开辟了一个新纪元。

这位大艺术家姓李，名叔同，字息霜。他的父亲名筱楼，是从事银钱业的。他出生的时候，父亲已经六十八岁，母亲是侧室，还只二十多岁。这个老父和少母所生的孩子，头脑异常聪明，具有文学、绘画、书法、金石、音乐、戏剧等各方面的天才。他弱冠时代陪了母亲从天津迁居上海（那时他的父亲早已逝世），就在那时上海（南社，沪学会时代）的文坛上显露头角，应征的

① 载 1956 年 10 月 6 日《天津日报》。

文章总是名列第一。不久他的母亲在沪逝世，他就游学日本，入东京上野美术学校西洋画科，一方面研究钢琴音乐和作曲，同时又在东京创办一个话剧团，叫做春柳剧社。他自己担任演员，曾经扮演《黑奴吁天录》中的爱美柳夫人及《茶花女遗事》中的茶花女。关于春柳剧社的情况，现在北京的欧阳予倩先生详细知道。

李先生回国以后，先在他的故乡天津担任天津工业专门学校教师。后来重到上海，担任太平洋报的文艺编辑，主编该报的副刊太平洋画报；同时又与柳亚子先生等创办“文美会”，主编文美杂志。这期间的情况，现在北京的柳亚子先生一定知道得更多。后来，李先生脱离了编辑界，担任杭州浙江两级师范学校的美术音乐教师；后来又兼任南京高等师范的美术音乐教师。这时候他家住在上海，家里只有一位日本夫人。他自己两个星期在南京，两个星期在杭州，上海的家就像旅途息足的长亭。我就是他的杭州师范的学生。我看到他的时候，他已经由翩翩的艺术家一变而为朴素的教师。他已经不穿洋装，而穿灰色粗布袍子和黑布马褂；已经不戴金丝

弹披亚娜，谁也不能相信这个腰曾经给束小了扮茶花女。然而过去的艺术心和美欲终于没有完全熄灭，常常在他所写的佛号或经文中透露出来。这些佛号和经文，笔致非常秀雅，行间布局非常匀称，简直每一幅是一件精良的艺术品。这些艺术品流传于世的很多，识者都懂得珍藏。绘画美、音乐美、文学美和戏剧美，仿佛综合起来，经过了一番锤炼，结晶化在这些书法中了！

欧化东渐的时候，第一个出国去学习西洋绘画、西洋音乐和戏剧的，是李叔同先生。第一个把油画、钢琴音乐和话剧介绍到中国来的，是李叔同先生。李先生的油画宗米叶（Millet）一派，略带印象派色调；他所作的乐曲旋律优美，歌词典雅，正如他的“音乐序”中所说：“陶冶性情，感精神之粹美。”可惜他的油画作品和音乐作品都不很多，加之当时印刷术幼稚，艺术空气稀薄，所以流传不广，一经散失，就少有人知道。他从事演剧的时间不长，只限于在东京的时候，回国后就不再粉墨登台。然而他的演剧才能是极丰富的。当时日本的“芝居杂志”（即戏剧杂志）中曾经有一个叫做松居松翁的日本人写一篇文章，其中有这样的话："中国的徘优，使我佩服的，便是李叔同君。他在日本时，虽然只是一位留学生，但他所组织的'春柳社'剧团在乐座上演'椿姬'（即茶花女——丰注）一剧，实在非常好。不，与其说是这个剧团好，宁可说是这位饰椿姬的李君演得非常好。……李君的优美婉丽，决非日本的徘优所能比拟。"（见林子青编《弘一大师年谱》第三十页。）春柳剧社是中国话剧的始基。当时上海市通志馆期刊第二年第三期上曾经登载一篇"春柳剧场开幕宣言"。宣言中说："民国三年四月十五日，春柳剧场假南京路外滩谋得利开幕。……溯自乙巳丙午间，曾存吴、李叔同、谢抗白、李涛痕等，留学扶桑，慨祖国文艺之堕落，亟思有以振之；顾数人之精力有限，而文艺之类别綦繁，兼营并失，不如一志而冀有功。于是春柳社遂出现于日本之东京，是为我国人研究新戏之始，前此未曾有也。未几，徐淮告灾，消息至海外，同人演巴黎茶花女遗事，集赀赈之。日人惊为创举，啧啧称道，新闻纸亦多谀词。是年夏，休业多暇，相与讨论进行之法，推李叔同、曾存吴主社事，得欧阳予倩等为社员。次年春，春阳社发现于上海，同人庆祖国响应有人，益不敢自菲薄，谋所以扩大之。”（见《弘一大师年谱》第三十一页。）由此可知李叔同先生从事演剧的时间虽然不长，但他在中国话剧创行上的贡献却是很大。饮水思源，我们的文艺界怎能不纪念李叔同先生呢？

李叔同先生逝后，不，弘一法师示寂后，他的灵骨搁在西湖上的虎跑寺里，十年不得埋葬。前年，一九五四年，我和叶圣陶、章雪村、钱君匋诸君各舍净财，替他埋葬在虎跑寺后面的山坡上，并且在上面建立了一座石塔，在杭州总算略微有了一点纪念的表示。我希望李先生诞生地的天津也有一点纪念的表示，这是天津的光荣！

方不园君的“伤脑筋的十二块”[①]

我从庐山回来，方君来看我，带了一付“十二块”和形状各不相同的许多匣子来。他当面表演给我看：把形状各不相同的十二块木头放进形状各不相同的许多匣子里，果然每只匣子都正好容纳。原来，十二块木头形式虽然各不相同，而体积相等；许多匣子虽然形式各不相同，体积也相等。十二块木头的体积之和等于每个匣子的体积。所以每个匣子都能精密地、不多不少地容纳十二块木头。这好比把定量的水倒进等量的各种器皿中，水正好齐口，不浅也不溢。方君操纵这十二块木头，就像倒水一样，随心所欲。可知他对于“形状”特别敏感，对几何学特别有心得。据方君说：十二块木头

① 载1956年10月10日《解放日报》“科学生活”栏。

装在一个立方体匣子里，照理论可有三千多种装法，他现在已经发现的有三百六十多种，这真是不可思议。

我们中国有许多玩具是外国所没有的。例如七巧板、益智六板、疙瘩、九连环等，都是中国特有的益智玩具。而方不园君所发明的“十二块”最为复杂。这已经超乎玩具之上，与象棋、围棋相颉颃，这种民族艺术是值得发扬的。

可笑又可恶[①]

解放八年来的新中国，在政治、经济、文化各方面都有了辉煌的建设。事实昭彰在目，谁也不能否认。单就我们上海而言：上海自从开辟租界直至解放前夕，近百年间，这“十里洋场”一向是一个万恶社会，是所谓“冒险家的乐园”。那时候，剥削、敲诈、拐骗、诬害、杀人、放火、奸淫、掳掠……凡字典上所有的一切恶劣字眼，在上海应有尽有，十全俱备。就是生长在离上海三四百里的乡村里的人，那时候我们乡下人到上海来，当作一件危险事情，仿佛兵士赴前线一般。所以我们乡下人描写上海，有一句成语，叫做“打呵欠割舌头”。意思是说，上海地方到处都是坏人坏事，时时刻刻要提

① 载 1957 年 9 月 3 日《文汇报》。此文为作者在上海市第二届人民代表大会第二次会议上的发言摘要，题目系《文汇报》编辑所加。

高警惕；打一个呵欠，舌头就会被人割去。在座的三十岁以上的代表，一定都能够切身地回忆解放前上海这万恶社会里的惊心动魄的情况。

然而，由于共产党的英明的领导，和人民的协力同心的奋斗，在短短的八年之间，上海这可怕的万恶社会已经一变而为可爱的人民大都市了。横行不法的恶霸地痞消声绝迹了；数千年的非人道的娼妓都变成良民了；数十年来的大赌窟——跑马厅、跑狗场——已经变成有山有水的人民公园和壮丽堂皇的大会堂和歌舞场了；汽车伤人事件已经减少到几近于零了；“猪头三”、“赤佬”和辱及父母的“国骂”已经很不容易听到了；“敲竹杠”三个字已经渐渐地为人们所不了解了……这些不是昭彰在目的铁一般的事实么？宋副市长的国民经济报告中说：1956 年一年间工业所增长的产值，相当于旧上海从 1843 年到 1948 年的一百〇五年间才达到的生产总值；也就是说，我们 1956 年一年间的工业发展的速度，相当于旧上海一百〇五年间工业发展的结果，这真是使人吃惊的辉煌战果，这真是有史以来所未闻的政治功绩。中国的尧舜时代。希腊的所谓“黄金时代”，比不上我们的社会主义新中国。

右派分子在这样昭彰的事实面前凭空造谣，肆意污蔑，蓄意推翻党的领导，否认辉煌的成绩，真是丧心病狂，可恶可笑！所以他们的阴谋被揭发之后，我曾经画一幅画，刊登在 7 月 22 日的《人民日报》上。画中描写一株根深柢固的大树，树根上有许多蚂蚁在钻来钻去。意欲推翻这株大树。画题借用唐朝人韩愈的诗句：“蚍蜉撼大树，可笑不自量。”蚍蜉就是蚂蚁，蚂蚁想动摇大树，其不自量力岂非可笑么？其实，这些右派分子的蚂蚁非但丝毫不能动摇新中国这株根深柢固的大树，反而使我们有机会肃清害虫，使这株大树更加健全而稳固起来。

决心书[①]

我完全拥护“上海市无党派民主人士社会主义自我改造决心书”，并要表示我个人在大跃进时的决心。因为一则我的工作有美术、文学等各方面，对文学界只能表示对文学工作的决心，对美术界只能表示对美术工作的决心，而我的工作的总的规划无处表示，所以今天要在这里表示。二则我原定的红专规划，大跃进以后已有改变，今天就在这里作简单而具体的报告：

我个人的总的红专规划分为两条：（一）精读报纸上的社论，以及政协印发的学习资料，温习“毛泽东选集”。（二）我本来决心在本年内完成著作和翻译共六十万言，创作新画八十幅。现在也来个跃进，增加为著作

① 载1958年4月16日香港《乡土》。

和翻译八十万言，创作新画一百幅。这工作必须在1958年年底以前完成，不但保证数量，又要尽力顾到质量。

我最近病了两个月。病起的时候曾经替自己写一副小对联，作为座右铭：“努力改造自己，永远效忠人民”。但最近在报上看见陈毅市长所作的对联，和我的相似，但比我的好得多。陈市长的对联是“彻底改造自己，将心交与人民”。我就把自己的对联取消，改写了陈市长所作的，挂在书室中，作为座右铭。我相信这座右铭一定能够帮助我达到实现红专规划的目的。

我有一大困难，便是常常生病，耽误工作。但我现在有了一个很好的办法，可以克服这困难。这办法便是打太极拳。经过长时期研究，我确信太极拳是使人健康的好办法。我曾经看见好几个打太极拳的人，年纪比我大十岁，而样子比我小十岁！因此我最近下了决心，已经请定拳教师（就是教沈尹默先生太极拳的教师，今后我将和沈先生为太极拳同学)，即日开始学习。我确信太极拳能使我健康，健康能使我达到实现红专规划的目的。

说到做到！我表示决心如上。

介绍“汉文拼字游戏牌”[①]

“汉文拼字游戏牌”是吴甲原、吴欣木弟兄二人的创作，最近由上海中国棋子玩具厂制造发行的。这付牌的形式很像旧有的马将牌，但功能不同：这是工农知识分子业余文化休息生活的一项新材料；对于扫盲运动巩固生字有很大的帮助。它的功能，是寓识字教育于游戏；而又富有变化和兴趣，在工厂、学校、机关、部队和农村俱乐部和其他文化休息场所都很适用。

这付牌共一百四十四张，有十八种每种三张牌，有八十二种每种一张牌，还有“听用”八张。其中包括一百种基本字形，这些基本字形可以拼出一千一百四十六个以上的汉字来。有的两张牌拼成一个汉字，叫做“二

① 载1958年5月17日《解放日报》。

合字”；有的三张牌拼成一个汉字，叫做“三合字”；还有“四合字”、“五合字”、“六合字”。这些字大多数是常用的。

这付牌有七种玩法：“识字马将”、“夺字游戏”、“猜关键字”、“相十七对”、“淘三合字”、“推磨”、“打五关”。其中有几种玩法和旧有的马将牌、天九牌的玩法相似，而趣味和功能各异。这可能是一种具有文化意义的玩具。这付牌新出厂的时候，吴甲原同志就拿一付来送我。我就和他及另外两个人来试新：四个人玩“识字马将”。结果天字很顺利，不到三四分钟，我就和倒。接着我们又玩“夺字游戏”，结果又是我夺得的字最多，但使得另外两个识字较少的人因此认识了许多生字。后来又玩其他各种游戏，都很有趣味。甲原去后，我休息的时候总是玩这付牌。

这玩具的说明书中说：此牌系一九五六年上海市文化局、市工联、团市委会、文化出版社、上海市体文公司、劳动报、青年报、新民报等机关团体联合征求游艺活动材料，吴氏弟兄应征获奖，因而由中国棋子玩具厂制造发行的。我经过了几天的实验，认为这确是新时代的一种好玩具，因此介绍给大众。

行路易[1]

古人有“行路难”这句老话。但在今日的新中国，这句话已经失却时效。今日在中国是“行路易”的时代了。有事为证：

我久不乘电车了。前几天我出门买物，到站上等电车。我看见电车将要到站，无意识地全身紧张起来，这是解放前长年的习惯所使然：一则因为人都争先恐后，攀登要敏捷，不然吃售票员或别人的骂；二则担心着车中无坐位，必须捷足先登，拼命争取。然而我的无意识的紧张是徒劳的：车子一停下，售票员先喊：“让老先生先上车！”他就伸手拉着我的左臂。接着站台上有一个乘客扶着我的右臂，一迎一送，我毫不费力地上了电

① 载1958年8月《新港》8、9月号（总第25期）。

车，犹如乘升降机一般。

车厢里不能说很挤，但也已经没有坐位，并且有四五个人站着。我一上车，同时有两三个人站起来让位，招呼我去坐。我正在犹豫的时候，离开我最近的一个青年乘客敏捷地站起身来，说“这里近便”，就硬拉我坐下了。接着有一个女青年乘客拿着一把摺叠扇默默地送交我。原来这是我的扇子，插在衣袋里，上车时掉落在站台上，她拾了来送还我的。

过了几站，下车的人多了，车厢里空起来。售票员拿出些连环画小册子来，向人推荐。我也接了一册。坐在我旁边的一个壮年男乘客笑着向他婉谢，说：“我有些头晕，不想看书。”卖票员眉头一皱，伸手向袋袋里摸出一匣万金油来，说：“阿要塌点万金油？”乘客感谢地接受了。这时候我发生一种感觉：觉得我好像不是在乘电车，而是在作客，或者坐在家里。

我下车后，走到国际书店去买了一大包书。我提了这包书走到第一百货商店，上楼去买了两瓶酒和两瓶橘子露。我一只手挟了一大包洋装书，一只手提了四瓶酒和露，从扶梯上走下去的时候，觉得负担相当重；那根拐杖不能扶我，反而吊住我的手臂，要我负担它了。忽然一个穿人民装的青年走近我来，说："老伯伯，我帮你拿，送你上车。"就抢了我两只手里的两件重东西，和我并肩走下扶梯去。我想夺回一件，但他一定不肯，说"我们年青人不在乎"。我拄着拐杖和他一同走到了商店门口，想雇三轮车。可是门口没有车子，须得跑一段路，到横路口的停车处去雇。我不好意思再让他送，伸手想夺回两件东西，说："走平路我自己拿得动。"但他一定不肯，把东西藏在身后，不让我夺。我只得由他护送，一直护送我上三轮车。到了家门口，三轮车的驾驶员又替我拿了这两件重东西，送到我家里，放在桌子上。

我坐在三轮车里的时候，抚今思昔，觉得这真是"行路易"的时代了！我多么幸福！同时我又回想起了三十多年前的一件小事：那时我住在东京，有一个夏天的傍晚，和五六个朋友出门去散步乘凉。正在迎着海风逍遥徜徉的时候，横弄里走出一个老太婆来，她搬着一大块棕棚之类的重东西，气喘地走在我们后面。忽然她向我们的队伍里喊：“你们哪一位替我搬一搬，好不好?”我们都是带了轻松愉快的心情出来乘凉散步的，不愿意搬重东西，大家婉谢她，快步向前，避开了她。……当时我曾经把这件事写成一篇随笔（见人民文学出版社版《缘缘堂随笔》第五页《东京某晚的事》）。这篇随笔的末了说：

“我每次回想起这件事，总觉得很有意味。我从来不曾从素不相识的路人受到这样唐突的要求。那老太婆的话，似乎应该用在家庭里或学校里，决不是在路上可以听到的。这是关系深切而亲爱的小团体中的人们之间所有的话，不适用于‘社会’或‘世界’的大团体中的所谓‘陌路人’之间。这老太婆误把陌路当作家庭了。

这老太婆原是悖事的，唐突的。然而我却在想像：假如真能像这老太婆所希望，有这样的一个世界：天下如一家，人们如家族，互相亲爱，互相帮助，共乐其生活，那时陌路就变成家庭，这亲爱，互相[1]老太婆就并不悖事，并不唐突了。这是多么可憧憬的世界。”

这篇随笔是1925年写的，即33年前写的。我今天出门乘车买物所经历的，正是当时我所憧憬的那个世界里的状态。想不到我当时在外国所梦想的世界，会在33年后的新中国实现。这真是多么可庆喜而光荣的事啊！

一九五八年六月于上海作。

① “亲爱，互相”，疑为衍字。

参加反侵略示威大游行志感[①]

为了响应最高国务会议的战斗号召，上海八百万人民紧急动员起来，决心要用实际行动来粉碎美帝国主义在台湾海峡地区的军事挑衅和战争威胁。九月七日下午，二百五十万人一齐上街示威游行，用惊天动地的声音喊着口号："一定要解放金门、马祖！""一定要解放台湾！"

我为义愤所迫，以老军的身分，自动参加这示威大游行。到了我的队伍里一看，比我年级大的还有不少，他们都是自动参加的。大家激昂慷慨，义愤填膺。大家挺着喉咙，高喊口号。大家高举旗帜，健步前进。这是为什么呢？因为一则我们这行动完全是正义的，自卫

① 载1958年9月《市政工作》。

边眼镜，而戴钢丝边眼镜。只有身边一只金表，还是当美术家、音乐家、演剧家、文学家时代的旧物，常常躺在音乐教室中的钢琴头上发出闪烁的光彩，仿佛向我们报道这位严肃的音乐教师过去在艺术上的辉煌的成就。他真是一位严肃的教师：教课非常热心，对学生的美术、音乐修养的要求甚高。因此，南京高师和浙江师范两校曾经造就不少的艺术人才，后来这些人在全国各处宣扬艺术文化。

李先生全心全意地当了六七年美术、音乐教师之后，在三十九岁上，到西湖虎跑寺去做了和尚，法名演音，号弘一。于是李先生一变而为弘一法师。弘一法师最初修净土宗，后来转入佛教中最坚苦的律宗。起初他在虎跑寺修持，后来云游各地，足迹大都在浙南和闽南等处。他自从出家之后，就屏除“声色”（指音乐、美术等），一心念佛，直到六十三岁（一九四二年）阴历九月初四日在泉州示寂为止。在这二十多年的僧腊期间，弘一法师飞锡芒鞋，三衣一钵，完全是一个苦行头陀。看到他的人，谁也不能相信这双手曾经挥油画笔、的，真理和正义都在我们这边。二则我们的工农业生产大跃进支援了、巩固了、加强了我们的国防力量，使得我们人人充满自信心和必胜心，使得二百五十万人变成了一个人，使得老人都变成了壮士！

天上有时出太阳，有时下些断断续续的秋雨。似乎在支援我们的义举，鼓励我们的士气。因为二百五十万人的沸腾的心，热量太高，疏朗朗的凉雨洒在身上，使人觉得身心快适，精神百倍，口号越喊越响了："坚决拥护周总理声明！""反对美帝国主义干涉我国内政！""美帝从台湾滚出去！""向英勇的福建前线将士致敬！""中华人民共和国万岁！"

古语云："二人同心，其利断金。"今天我们有二百五十万人、八百万人、六万万人同心！而美国绝不是金，却是纸老虎！那么我们的胜利可操左券，台湾的收回如探囊取物！我想起了小时候唱熟的一首歌曲："中华大国黄种人，皇帝好子孙。西来白种思欺凌，边界时相侵。黄人团结如长城，个个皆当兵。……"（似乎记得是沈心工先生所作。）我心中感到骄傲。因为半世纪以前小学堂里的老师教我唱这歌曲的时候，正是清朝末年、外患内乱交迫、中国几乎被瓜分的时代。当时我唱这歌曲，嘴里勉强喊着，心里不胜惭愧。我想不到在半世纪之后的今天，能够毫不惭愧地、堂堂皇皇地唱这歌曲！这歌曲里的文句，一句句确切地适合我国现在的实际情况。沈心工先生仿佛预先为我们作的。现在我唱起来，一字一句都好像是我心里要说的话，都能鼓舞我的勇气，都能加强我的必胜心。于是我诗兴勃发，口占一绝：“百万呼声动地来，穴中蝼蚁胆应摧。全民意志坚于铁，不怕台湾取不回！”

漫谈翻译[①]

旧约圣书创世纪第十一章开头这样说："那时天下人的口音言语，都是一样。他们往东边迁移的时候，在示拿地方遇见一片平原，就住在那里。他们彼此商量说：'来吧，我们要作砖。'把砖烧透了，他们就拿砖当石头，又拿石漆当灰泥。他们说：'来吧，我们要建造一座城和一座塔。塔顶通天，为要传扬我们的名，免得我们分散在全地上。'耶和华降临，要看看世人所建造的城和塔。耶和华说：'看哪，他们成为一样的人民，都是一样的言语。如今既作起这事来，以后他们所要作的事，就没有不成就的了。我们下去，在那里变乱他们的口音，使他们的言语彼此不通。'于是耶和华使他们

① 载1959年《外语教学与翻译》1月号。又载商务印书馆1984年5月版《翻译评论集》（罗新璋编）。

从那里分散在全地上。他们就停工，不造那城了。因为耶和华在那里变乱天下人的言语，使众人分散在全地上，所以那城名叫巴别（就是变乱的意思）。”

我每逢和外宾谈话，言语彼此不通，全靠翻译者一来一去地传达，因而感到极不畅快的时候，总是想起旧约圣书里这一段话。那时（假定这故事是真的话）我就痛恨那个耶和华。他破坏我们的团结，变乱我们的口音，使我们的语言彼此不通，因而使我和外宾谈话极不畅快。这个耶和华真可恶！

然而我们有一种法宝来抵抗这可恶的耶和华，这便是翻译。我们把世界各国的书籍翻译为本国文，由此可以知道世界任何一个国家的人民的思想感情。他们也可以把我们的书籍翻译为他们的本国文，由此可以知道我们的人民的思想感情。这样，彼此言语虽然不通，声应气求还是相通。耶和华的捣乱变成徒劳，这叫做“人定胜天”。

然而要是我们这件法宝充分发挥效能，有一个必要条件，便是必须翻译得又正确，又流畅，使读者读了非但全然理解，又全不费力。要达到这目的，我认为有一种办法：翻译者必须深深地理解原作，把原作全部吸收在肚里，然后用本国的言语来传达给本国人。用一个譬喻来说，好比把原文嚼碎了，吞下去，消化了，然后再吐出来。

我学外文，有时取别人的译本来和原文对读。我常常感到，消化了吐出来的固然很多，然而没有消化就吐出来的亦复不少。譬如说：欧洲人相见时互相招呼，说Good day。但倘照字面硬译，变成“日安”，就不像中国话，听到的人不能了解他的好意。假如现在有人走进来对我说“日安”，我一定要问“什么”?

因为有这种硬译，所以有些译本，必须懂外文的人才看得懂。不懂外文的人都要问“什么”。这显然是矛盾，正因为别人不懂外文，所以要请教你译；如果大家懂得，就不必劳驾了。翻译固然要忠实，但倘片面地强调忠实，强调到“日安”的地步，就不是忠实而是机械了。我说这话，但自己过去也不免犯这毛病，今后必须痛改。

解放以来，翻译工作有了显著的进步。总路线的光芒照耀一切，翻译界当然也大跃进。我确信政治挂帅会把耶和华吓走。

一九五八年十二月廿七日于上海作

新年大喜[①]

一九五八年，国内出现了许多大喜事。其中一件大喜事就是全国到处成立了人民公社，很多公社已经实行吃饭不要钱了。公社就好像一个团圞的大家庭一样，社员和社员之间亲如家人。

数千年来，由于社会制度的不良，我们的祖先大家为了“衣食”两字而受尽苦楚。所以俗语说：“人为财死，鸟为食亡。”《水浒》里有两句诗：“人生衣食真难事，不及鸳鸯处处飞。”自古以来，“衣食”是一件最难的难事，为“衣食”而受尽折磨的人不可胜计，为“衣食”而死的人也不可胜计。“贫穷”、“失业”、“断炊”、“冻馁”、“轗轲”、“潦倒”、“自尽”等，不是古来的史

① 载1959年1月1日香港《大公报》。

传、小说、笔记中所常见的字眼么？我们的祖先，几乎人人为“衣食”而苦恼，为“衣食”而促寿丧生。今天，我国在共产党的领导下，居然做到了人人“衣食无忧”。从此我们个个人可以放心安乐地生活，专心地从事工作，尽量地发挥各人的才能。这不是子孙万代的大喜事么？

不必说我们的祖先，就是我自己，一个六十多岁的人，也大半生受尽“衣食之累”。在解放以前，我的壮年时代，都在黑暗社会中断送在“衣食之累”上，并且亲眼看到了无数为“衣食”受苦的惨相。这些惨相有许多表现在我过去的画中。过去开明书店刊行我的画集《人间相》，恐怕侨胞中也有不少人看到过。其中有一幅画，叫做“颁白者”，描写一个须发颁白的老人，挑着一付重担，在路上走。担子的每一头挂着两只大皮箱，压得他驼腰曲背，愁眉苦脸。这老人正是为了“衣食”而不得不做他所吃不消的苦工。孟子说：“颁白者，不负戴于道路矣。”这是一句空话，过去几千年的社会里始终不能实行。直到现在的新中国，方才确实地做到了。我们的人民公社里有幸福院，凡鳏寡孤独的老人，如果他愿意的话，都可以入幸福院，安坐而食，放心地安享他的晚年。过去有两句老话："养儿防老，积谷防饥。"现在这两句话都无效了。没有儿子的老人，一样地进幸福院，不须儿子来养老；国家仓廪充足，不须你自己积谷来防饥。我这幅"颁白者"的画图早成为一个历史陈迹了。

还有一幅画，叫做"最后的接吻"。描写一个贫苦的母亲，抱着一个初生的婴儿，站在育婴堂墙外的"接婴处"面前。这接婴处是一只大抽斗；养不起婴孩的穷人把婴孩放在这抽斗中，关上，等待里面的人把婴孩接去。画中的母亲即将把婴孩放进大抽斗中，舍不得骨肉分离，正在和婴孩作最后的接吻。这伤心惨目的景象，便是由于"衣食"逼人而造成的！当年我发表了这幅画之后，有不少读者写信给我，说看后流了不少的眼泪。有的要我赔偿她的眼泪。解放以后，弃婴的现象根本没有了，"最后的接吻"根本不存在了！古语云："老者安之，少者怀之。"又云："老吾老，以及人之老；幼吾幼，以及人之幼。”古人虽说这话，但都不能做到；现在果真做到了。这是开天辟地以来所没有的奇迹，这不是天大的喜事么？

我从前有有一个图章，叫做“速朽之作”。凡是描写伤心惨目的景象的画，都盖上这图章，意思是希望这幅画“速朽”，即这些景象快快消灭。果然，不出二三十年，到了新中国成立，我这些画都“朽”了，这些景象都变成过去的恶梦了。我真高兴！一九五八年的全国大跃进，更使我万分兴奋！加之元旦在即，万象更新，但觉前途光明，幸福无疆！海外侨胞“每逢佳节倍思亲”，这时候缅怀祖国，一定笑逐颜开。敬祝新年大喜！

一九五八年岁暮写于上海

隔海传书[1]

——国庆节致侨胞李君的公开信

荣坤贤弟惠鉴：今年国庆节又到了。我回想去年国庆节你到上海来访问我时的情况，历历如在目前，而相隔已经一年，时光过得真快！你寄来和我合摄的照片及信，早已收到。至今方始奉复，甚是抱歉。你关心我的健康，我很感谢。现在我可以向你告慰：一年以来，我身体越发健康了。有事为证：今年四月，我游黄山，曾经攀登海拔一千八百公尺的天都峰，而并不疲倦。现在把这次游览的情况对你谈谈，想你一定爱听。

黄山位在安徽省南部，你是厦门人，也许不曾到过。我告诉你：这是我国风景最好的一个名山。这是个

---

① 载1961年10月1日《澳门日报》。

群山，有三十几个高峰，连小峰共有七十多个。每一个峰有它的特色，有的好像是神工鬼斧削出来的，有的好像是巨大的工人建造起来的，真是奇观！山中到处是松树，这些松树姿态很特别：有的枝条全部向下；有的一面生枝条，一面靠石壁；有的由好几株树干团结起来，变成一株，叫做“团结松”；有的枝叶极其坚密，上面可坐五六个人（叫做“蒲团松”）。国内的名产“黄山松烟”墨，便是用这些松木的烟煤制成的。雨过之后，山中的白云凝结起来，变成一片云海。峰顶露出在云海上面，好像大海中的无数岛屿。此时下界都被白云蒙住，游客就身在云霄之上，仿佛登天堂了。

游山必须登山过岭，所以不能称为“上山”，应称为“入山”。山路大都很陡，很窄，有的地方只容一人通过。每隔十几里路，必有宿食的地方，由黄山管理处经理，供应非常周到，有酒有饭，还有棉衣借给你御寒，免得你背了衣服上山。我入山的时候，管理处的人一定要我坐轿。他们看见我一把白胡须，料想不是能步行的。然而我坚决谢绝。因为我认为坐轿游山是杀风景的，而且非人道的。我虽不能像青年人一样跑得快，然而我信奉龟兔赛跑中的龟的办法：慢慢地不断地走，终于有一天达到目的地。我们一行三人（我和老妻、小女）只请一个服务员和一个“向导”领路，逢到难走的地方，他们会扶持我。登山时我五步一站，十步一坐，这样慢慢地不断地走，终于被我走到了最高的天都峰上。这峰特别陡，其对地面的斜度是六十至八十度，非扶着路旁的铁链走不可；有时竟须用四肢爬行。峰顶有一个地方，叫做“鲫鱼背”，这是一块几十丈长的大岩石，形似一个鲫鱼。我在这鲫鱼的一二尺宽的背脊上走过时，低头一望，深不见底，不觉双腿发抖。幸而这背脊的两旁有铁栏，不会让我跌下去。休息的时候向导看看我说：“丰院长真了不起！许多年轻人，游黄山不敢上天都。您身体真健康！”

我自己也觉得身体健康，并且越老越健康了。去年你来访问我时，看见我上楼梯快步如飞，称赞“丰伯伯脚力很健”！其实莫说上楼梯，我还会上一千八百公尺的天都峰呢！

你通过广洽法师知道我过去多病，所以关怀我的健康。我可告诉你：我在旧时代的确多病，但在新中国仿佛返老还童了。原因是政治清明，社会安定；因此生活放心，精神愉快。精神愉快，身体就健康。古语云："忧能伤人"；反之，无忧无虑，自然健康长寿。在旧时代，政治腐败，社会黑暗；因此做人忧患恐惧，提心吊胆。这安得不损害健康呢？我四十岁的时候，上七百多公尺的莫干山都走不动；现在年近古稀了，反而上千八公尺的天都峰也不吃力，其原因就在于此。此外还有一个小原因：我在黄山中，从无线电里听到两个喜讯：一是第二十六届世界乒乓球锦标赛，中国获得好几个冠军，二是苏联飞船环绕地球。因此精神更加愉快，身体更加健康。那时我曾经作一首诗登在《解放日报》上，现在写给你看："结伴游黄山，良辰值暮春。美景层层出，眼界时时新。奇峰高万丈，飞瀑泻千寻。云海脚下流，苍松石上生。入山虽甚深，世事依然闻。息足听广播，都城传好音：国际乒乓赛，中国得冠军。飞船绕地球，勇哉加加林！客中闻双喜，游兴忽然增。掀髯上天都，不逊少年人。”这首诗可使你在万里之外想见我的近况；又可引诱你再来祖国观光。去年你游了杭州和普陀，下次你来时，我劝你游黄山。书不尽意。

一九六一年国庆节子恺启

注：李荣坤君去年国庆节返祖国观光，托新加坡我的老友广洽法师介绍，来上海访问我。我和他一见如故，晤谈多次。我从黄山回来后，不曾通过信。现又值国庆节，我想起了他就写这封公开信，意思是要使李君以外的侨胞友人也都知道我的近况。因为我在海外侨胞中有不少好朋友，免得一一写信问候了。

一九六一年十月一日

弘一法师[1]

弘一法师俗姓李，名息，字叔同，别名岸、哀公、息霜、婴等。于1880年生于天津。他的父亲名筱楼，操银行业，时年已六十八，母王氏时年二十余岁，是侧室。他五岁上父亲逝世。十九岁时奉母迁居上海，入南洋公学肄业。参加当时的沪学会，以文章驰名上海。又与上海书画家组织上海书画公会于福州路杨柳楼台旧址，所作书画金石冠绝一时。二十六岁上母亲逝世，他就带了父亲的遗产，自费留学日本，入上野东京美术学校，研究西洋画；又入音乐学校研究钢琴；又与曾延年等组织春柳剧社，演“茶花女遗事”及“黑奴吁天录”，自饰旦角；又办《音乐小杂志》。三十一岁，即1910

① 载1963年3月《文史资料选辑》（中国人民政治协商会议全国委员会文史资料研究委员会编）第34辑，系应文史资料研究委员会之约而作。

年，返国，担任天津工业专门学校美术教员，不久迁居上海，在杨白民所办城东女学任教；又参加当时的“南社”，发表诗词文章；又担任《太平洋报》文艺编辑，主编该报之副刊画报；又与柳亚子等创办“文美会”，主编《文美杂志》。其时他在东京所创办的“春柳剧社”已迁回上海，是为中国最早之话剧团体；但李先生自己不复参加演剧。三十四岁，即1913年，从上海迁杭州，担任浙江两级师范学校美术音乐教师（我就是当时该校的学生——丰子恺注），不久又兼任南京高等师范美术音乐教师。对中国早期的艺术教育贡献甚多。1916年，他三十七岁时，相信道家之言，入西湖虎跑大慈山，断食十七日。后得马一浮先生指示，舍道信佛，即于1918年三十九岁时在虎跑寺剃发为僧，法名演音，号弘一，别号甚多。他十八岁时曾在天津与俞氏女结婚，生二子，俞氏早死。他在东京曾与一日本女子结婚，无出，出家前赠资遣返日本，不久亦早死。他出家后云游各地，居无定所。最长住的是浙江温州庆福寺及福建泉州各寺。他起初崇奉净土宗，后来专修律宗。他本来爱素食，出家以后，物质生活极度节约，芒鞋破钵，竟是一个苦行头陀。平生兼长绘画、音乐、演剧、诗文、书法、金石等艺术；出家后一切都屏除，独书法始终不舍，经常书写佛号、经文，广结胜缘，若计幅数，无虑千万，流传在江浙各地，泉州尤多。关于佛法著作甚多，其中《四分律戒相表记》，不用排版，乃亲手书写制照相版刊行者，字体非常工整，一笔不苟。1942 年农历九月初四日，弘一大师在泉州温陵养老院圆寂，享年六十三岁。他临终前数日略感微疾，就预先写好遗嘱及告别友人书。九月初一日，起来写“悲欣交绝”四字，付与侍疾僧妙莲，此为法师绝笔。初四日（阳历 10 月 13 日）午后 8 时，即安详示寂。其灵骨一部分葬的泉州，一部分葬在杭州虎跑寺，均建有墓塔。林子青编著《弘一大师年谱》，记述大师一生事迹甚详。

《弥陀经》序言[①]

此《弥陀经》乃马一浮先生手书新加坡弥陀学校所珍藏者。广洽法师爱此墨宝，发心影印流通。嘱余为之序记。余回忆髫年负笈浙江师范学校，常随先师李叔同先生即弘一大师谒马先生杭州银洞巷寓所，藉知先生不但博极古籍，精于书法，又深通内典。故先师皈依佛法之时常踵门求教焉。马先生为中国现代书法界之泰斗，但所书佛经极少。此《弥陀经》当系精心得意之作，乃佛教界之宝典，亦美术界之珍品也。广洽法师为之影印流通，使学道之人与爱艺之士咸共欣赏，诚善举也。马先生名浮，字一浮，号湛翁，别字蠲叟，浙江绍兴人，现年八十有二，健居杭州西湖之滨。春秋佳日，余常赴

---

① 《弥陀经》，马一浮手书，新加坡广洽法师 1964 年影印出版。

湖楼叩访，餐胜聆善，获益良多。

癸卯菊秋丰子恺记于上海

《诗经新话》读后识[①]

张星逸氏《诗经新话》，说理精当，观点正确，可为新时代中国人民学习古典文学之指针。

丰子恺读后识

① 作者生前未刊手稿，题名系本书编者所加。

卷二

美的世界与女性

——宁波女子师范讲演稿[1]

人对于宇宙的存在，可有三方面的看法：第一，用人的悟性认识宇宙，有品质，有理论，这是真。第二，用人的道德的意志力去实践，为仁为义，这是善。第三，用人的感官直接感觉事物，看见听得，这的[2]美。科学是真，道德是善，艺术是美。用科学的眼光看宇宙，只看见真和伪。用道德的眼光看宇宙，只看见善和恶。用艺术的眼光看宇宙，只看见美和丑。不问真不真，不问善不善，但就其美不美上看去，在我们眼前的宇宙，好像和上两者不同。我与宇宙的一切关系，完全

① 本篇原载1923年1月16日《春晖》第6期。又载1923年2月21日《民国日报·妇女评论》第80期。

② 应为“是”。

变更为一种新的关系。如像走进了一个别的世界。这是美的世界。

向来的教育，偏重真善，忘却了美。就是重视智识道德，看轻美育。科学昌明以来，对于知力修练更加注重。高唱科学万能。物质文明果然奏了急速的进步。从前所未有的机械，未有的交通，和便利于人生的东西，都在科学的腕下出产了。但是，唯理教育过偏重，教人天天在理知钻研中过生活。人与人的相对的态度，全是法庭的态度。人的眼中所见的，只有理实的追求，义务的压迫，利害的盘算。人的精神方面的感情，趣味，全然看得和没有一样了。对于人，只要每天有几小时的睡眠，有几餐饭吃，有相当的衣服穿，就是了。对于物，只求适用。眼前虽有一朵鲜妍的花，也只问有什么用，属什么科。虽到了一处山明水秀的地方，也只问是哪里，是何省何县。至于感情方面，全然忘却。这样的过于重视现实的结果，世界上的人都变成冷冰冰的，专讲利害的人了。社会变成一个荒凉的决斗场了。人在这现实的世界里，不见爱的只影，就要悲观。所以近来反抗从前的冷酷的唯理教育，提倡情育的艺术教育。援人们逃出了暗而冷的地狱似的知的世界，在人们面前开辟了一个光明的，温和的仙境似的美的世界。叫人们从美的世界里得到神圣的爱，为了人们的幸福。

凡人皆有情，有爱，所以各人应该有一个情爱的世界。大半的人们，被以前的教育囚在知的世界里，竟放弃了美的世界，奋斗越过一生，牺牲了“生是享乐”。

我们对于日常生活，不可专用实利的眼光，应该于实在之外寻出别种趣味。譬如行路，倘目的专在走到所要到的地方，那时只觉得路的崎岖，足的疲劳。反之，加一种趣味于行路时，实在行路就是我们的生活。在这生活中自然可以寻出许多的愉快：远望见青的青草地，拂着丝丝的垂杨，转过小桥，又现出流水孤村，都可愉悦我们的耳目。能在这等上求享乐，就是在实现的世界以外寻到了美的世界。

走进美的世界，享乐美的时候，我们的主观的精神状态不是概念，也不是实用上的意。全然是无关心的，不批评的，陶然自适的状态，客观的美，也不是物体的本身，是本身之外浮现着的一种东西。例如一到嫩草萌动的春野，觉得在暂时之间自我泊入于这等青青的草色之中。此时我与这风景的美融合，便达到“无我”的境地。例如月明的秋夜，对月起神秘的遗世的想感，使人暂时脱离人境，与外界的接触完全断绝，把心融合于对月的想象中。这等时候，我们的精神内容与感觉对象融合。与这自然美同喜同悲，同歌同泣。就是美学上所谓“感情移入”的状态。

我们的前后左右，随处有这样的美的世界的入口。但世人往往过门而不入。只要能找到了这门户，自然觉得前途的光景一变，豁然开出一个光明的别一天地。所谓“舟相衔出洞窈，前望渺茫的大海，回顾琅玕洞的石门的细径”。从苦闷的实在的世界走到美的世界时，仿佛前后左右逼迫，无逃避的余地的狭路，一变而为四通八达的广衢，百花乱开的春野。

我们倘有情化一切自然物，拟人化一切自然物的时候，这等自然物，也会对我们有情，为我们作种种美的暗示。一花一木，也无时不对人细语，对人嫣笑。一件小艺术品，也无时不有灵魂，做我们的想象的伴侣（Imaginary - mate），这种都是美的世界的窗户。一曲歌，一曲琴，会得到他的表情，听到神往的时候，也是美的世界的一个窗子。我们可向这窗子里见这美的陆地beautiful land。

要之，美是直观的感情[①]。美的修养，不要理智，不要分析，只要感情和趣味，使精神归束于“神圣之爱”。如今我要在美的世界里，赞美我们的优美的女性。

女子和男子，天赋的性质不同。以象征来讲：男子是黄色的，女子是青色的，男子是□的，女子是○的，男子是Organ，女子是Piano，男子像A、E的声音，女子像O、V的声音。或者可说男子像山，女子像水。又可说男子像科学，女子像艺术。男子是知，女子是情。所以女子在天赋上有与美的世界接近的点，或者可说优美的女性的故乡，是美的世界，所以女性原不必求人引导到这美的世界去。有几个特点，可以证明女性是出于

① 此处脱“的”。

美的世界的：

（一）女性的哺育灵性。在天赋的资质能力上，男子主在智识的增进，女子主在灵性的哺育。所谓慈母，因为女子对于儿女是用感情哺育他们的灵性的。慈母爱子间的神圣的爱，就是艺术的境地。吾人的感情，趣味，优雅的情操等灵性，都是在慈母的怀中膝前收得的。教育学者说："入学以前在家庭所收得的教训，比入学以后至大学毕业之间所收得的教训更多，且是根本的。"因为灵性是人的根本，灵性的教育，主宰人生的气质和一切行为，比知识的教育更加重大。女性用优美的情感哺育子女的灵性，同时又用神圣的爱调和男性的感情和趣味。这是女性的美点。

（二）女性的直观情操。男性以智理的分野为己物，女子以直观的情操为要素。女子比男子富于感情。在日常生活中，可以看到：男子善讲理，往往先理智而后感情，愿牺牲情而存理。女子善讲情，往往先感情而后理义，愿牺牲理而存情。故女子大概多情，即多直观情操。因之男子实现正义，女子则实现优雅。理是法律的，冷酷的，机械的，就是用机械的方法处理人生。情是温暖的、有生气的、人所原有的。人对于理是遵守的，对于情是感服的。故情易感人，感于情的时候的心象的融和统一，是艺术的境地。

一切女性，皆是优美的。爱伦凯（Ellen Key）说：“Tanagr 人像（Tanagrae 地方产的女子人形姿势很优美），比 Aphrodite 女神像指示我们更多的希腊古代妇人的优美姿态。”又说：“我们对于用了如花的温和的态度而扶我们向光明的世界去的无数的以前的女子，不可不感谢。”我要对于现代的女性赞美且祈祷：“一切女性皆优美。愿优美的女性，引导一切人们向美的世界去!”

裴德文与其月光曲

——中秋夜会席上话稿[1]

好音乐的人，在月下往往联想那个大洋琴家，就是那个聋子裴德文〔贝多芬〕（Beethoven）和他的不朽作《月光曲》（*Sonate moonlight*）。当现在的"音乐季"（music season）的秋天，又在中秋的月下，虽在音乐知识浅陋的我，也更加觉得有谈月光曲和彼的作者的话的兴味。今晚的夜会，我们大[2]皆得赏月，得吃月饼，让我先谈几句话，当作这欢会的序曲。

裴德文的生涯

18 世纪末，法国出了一个大英雄拿破仑。同时德国

---

① 本篇原载 1923 年 10 月 1 日《春晖》第 16 期。署名"子恺"。

② 此处似漏"家"。

也出了一个更大的音乐的英雄，就是裴德文。到现在，拿破仑的事业早已付流水了，而裴德文的杰作千载不朽，永远传诵于全世界的到处。百余年后中国山乡里一个初级中学校的中秋夜会的座上，还有乡下先生精神抖擞地来说他的月光曲。

在音乐史上有三大 B，都是可纪念的大英雄。第一是近世古典派复音乐大家罢哈〔巴赫〕(Bach)，第二是近世古典派单音乐大家裴德文，第三是德意志现代国民乐派的祖先勃拉姆斯〔勃拉姆斯〕(Brahms)。其中裴德文是由近世古典音乐到浪漫音乐及国民乐派的过渡的桥梁，是现代音乐的急先锋。

裴德文于一千七百七十年生于德意志莱因河畔的蓬(Bon) 地方。父亲是个宫廷的次中音（tenar）的歌手，是一个酒徒。母亲是一个菜馆主的女儿，听说曾经做过使女的。裴德文从小就露天才。四岁时就弄秘雅娜〔钢琴〕(piano)，眼泪常常落在键盘上。十一岁入舞台上的管弦乐队（orchestra）中当秘雅娜手。十三岁就是一成名的秘雅娜家（pianist）了。十七岁在比他略早几年出场的那个当时音乐界泰斗的莫扎尔忒〔莫扎特〕（Mozart）前演奏，得莫氏的大赞赏。二十二岁就已与当时称为“交响乐之父”（Father of Symphony）的哈顿〔海顿〕（Haydn）齐名，作出许多不朽的作品。

然而裴德文的生涯的苦闷，正与他的乐才正比地增进。幼时父亲沉溺于酒，家庭经济极窘，他始终没有受过繁荣的家庭的幸福，十七岁时，失了他所最敬爱的母亲。他的母亲是患肺病死的。他大概受着遗传，故丁年以后，身体羸弱，往往生病。又母亲死后，因为父亲沉溺于酒，不能持家，家事委于儿子，故裴德文十七岁就抚育两个阿弟，主掌家政，有家长的烦恼了。裴德文不娶妻，始终是独身者。然他决不是缺乏情爱的人。在他给友人的书中，可看出是确认女性社会的价值，且对于女性抱着十分深挚的情感的。在他的传记中，曾说起他有好几次的入恋和失恋。他的最初的女性的朋友，是叫做勃洛伊宁克（Breuning）的，比他年轻二岁的一个女子。他教伊音乐，伊教他诗，交情极切。但他们始终是纯结的精神的爱，后来这女子是嫁与他的一个好朋友的。第二个恋人就是球利亚（Julia），后来嫁与一个伯爵的。失恋的烦闷的结果，他就因为世界不了解他，他也便不要了解世界，舍弃了人间界，只在他自己的心里尝爱的滋味了。同时又为了面包受不少的苦痛。凡此种种都是他的生涯的不幸。最后还有一件最大的不幸，就是耳聋！

失掉听觉，在音乐家是可怕的运命，裴德文于一千七百九十六年即二十六岁时起，听觉就渐渐迟钝起来。二十八岁时，农人田中吹笛的声音已不大听得清楚了。后来竟连秘雅娜上最高的一个八音（octave）都不能辨识了！然他对于这事，独自忧惧，起初毫不泄露于无论何人。朋友们但说他渐寡言笑，且常常在咖啡店闭目静坐，并不晓得他犯着这可怕的运命。到了三十一岁（一千八百〇三年），聋的程度渐高了，他方才泄露于他朋友们。裴德文死于千八百二十七年，享年五十六岁三个月，五十岁的时候，两耳的听觉已经极弱，几于全聋。但此时正是他的乐想凝练的晚年超越时代。这时候哈顿死了，葬仪的行列经过，发大炮，裴德文用两手的指用力塞住自己的两耳孔，遑恐地伏在地上，恐防炮声夺了他的极弱的听觉去，因为他胸中正还有许多琳琅珠玉要拿出来赠给这世界！他竟以贫病死于维也纳的旅舍中。死的时候，他说：“唉！我只有写得几个音符……”可见他胸中还有多大的蕴藏未曾发表，惜哉！

死后，讣报火也似的广播于全欧，二万余送葬人集于维也纳市中。扶灵柩旁送往葬地者八人，皆当时知名的音乐家。执炬火的十二人，称为“歌曲之王”（King of Lieder）的修陪尔忒〔舒伯特〕（Schubert）也是其一。不久修陪尔忒也死了。将死时自己祈愿，葬于裴德文墓旁。

裴德文的制作

裴德文的性情，是多苦闷的，又是善谐谑的，是富于热情的，是超越运命的，都可在他的作品中看出。他的作品可分三期：（一）一七九二至一八〇三（廿二岁至三十三岁），是受哈顿、莫扎尔忒影响的初期制作。他的最大的制作，是九个交响乐。现在单以这九个交响乐为例，属于初期的是第一、第二两交响乐。（二）一八〇三至一八一五（三十三岁至四十五岁），是渐渐失却听觉的中期制作，如第三的《英雄交响乐》（*Symphony Eroica*），第四交响乐，第五的《运命交响乐》（*Fate*），第六的《田园交响乐》，第七交响乐，第八交响乐等是。（三）一八一五至一八二七（四十五岁至五十六岁死），是全聋后的晚年超越的制作，如第九交响乐便是五十三岁所作的超越的作品。第四交响乐是他的苦闷的表现。第八交响乐是他的谐谑的表现。田园交响乐中，描写出川流、原野、雷雨，是他的爱好自然的表示。英雄交响乐中描写英雄的力，英雄的悲剧，英雄的超悲痛的快感，英雄的完全超越与制胜一切，实在是他自己的写照。又英雄交响乐，听说裴德文曾自署名为“拿破仑纪念”，后来拿破仑舍共和而即皇帝位了，裴德文愤怒，把封面撕去，几乎不肯发表这曲，后人以此知裴德文是民主主义者。运命交响乐描写运命与人间的争执，命运的虐人，人类的制胜运命，人类的凯旋。第九的合唱交响乐，完全是人类超越苦闷而得最后的胜利的描写，表现出他的精神的超越。合唱交响乐，在他的制作中是宝玉中的宝玉。

裴德文的作品中最多数而收成功的，是秘雅娜曲。罢哈的风琴技巧，曾达顶点，裴德文则在秘雅娜曲上达技巧极点，以后许多秘雅娜作家如孟檀尔仲〔门德尔松〕（Mendelsson）、修芒〔舒曼〕（Schumann），晓邦〔肖邦〕（Chopin）等，受裴德文的指示不少。他的秘雅娜的特长，就是能把管弦乐所用的巨大的乐曲在单独的一个秘雅娜上缩短了发表，例如他的多数的秘雅娜奏鸣乐（Piano Sonata）便是秘雅娜奏鸣乐中最有名的乐曲，有下列五种：

1. Pathétique〔悲怆〕
2. Waldstein〔华尔斯坦〕
3. Appassionata〔热情〕
4. Moon Light〔月光〕
5. Kreutzer〔克鲁采〕

现在所讲的就是第四种的月光。

月光曲

月光曲这名目，并非作者自己定的。裴德文自己的笔记簿里，有作一“幻想曲风的奏鸣乐”（*Sonata Fantacia*）的记录。但此曲的稿子已散失。后来在维也纳忽然发现了一个原稿，确是裴德文笔迹，题为 *Sonata Fantacia*，但不署作者名姓。后人既确定这是裴德文的作品，就引用他的笔记中的事实，给这曲定名为月光。且作出月光曲的故事来。究竟是否实情，我们不得而知，不过裴德文自己的笔记中，确有此曲的制作的记录，而此曲的第一乐章的乐想，稳静幽雅，有与明月初升时同样的感情。或者是后人因此擅自定名为月光的，也未可知。据传记所述月光曲的故事有两说：

第一说，有一天春夜明月之下，裴德文散步于蓬市的市梢的街道里，听得一所小屋的廊下有秘雅娜声，仔细听时，所弹的是他所作的 F 调奏鸣乐的一节。就停了步，走近去窥探，知道弹奏者是一个贫家的少女，旁有一男子的声音作慰藉的话。他就推门进去，看见窗下一个苍颜的壮年男子正在做皮鞋，原来这是一家皮鞋铺。皮鞋工作场旁边一架破旧的秘雅娜，坐着一个两眼全盲的少女，就是刚才弹F调奏鸣乐的。裴德文一问晓得二人是兄妹，伊因为邻家的某贵族女子夏天每晚弹奏这曲，听熟了，所以会弹。裴德文更感动了，就不自主地坐近秘雅娜去，伸手也弹了一个美妙的曲。少女和那皮鞋匠浴了这音乐的美感，就进问裴德文的姓氏。他回答说："我就是这F调奏鸣乐的作者。"秘密既泄，兄妹两人狂喜，争来吻斐德文的手。裴德文就道谢起立，想出去了。那兄妹二人坚握裴德文的手，要求他再弹一曲。忽然风吹灭了烛，满座浸在银色的月光里。情深的裴德文的珍贵的头脑与伟大的躯体，都化作月光了。他就答允了，说道："让我为月光弹一曲罢。"就闭目把月光音乐化了，飞指在键盘上，妙丽的音乐滔滔地流出，有时像海上静升明月，有时如光芒万丈，浸透下界的人间的心，有时如林间水上的月影，忽然调子转入凄怆，仿佛天的一方面突出无数的妖灵和明月相戏，曲节渐进渐急，庄严恐怖贯彻听者的肺腑，使人心羽化，彷徨于万能的神前。听者正恍惚若自失之间，裴德文即离座，飞奔还家，展开谱纸来，走笔写谱，费了一夜的工夫写成了这月光曲原稿。

第二说，与第一说事实稍异。裴德文有一天晚上散步在蓬市外的小街道内，遥闻林后有热闹声，他就走进林中，到了一人家，这人家正开宴会，有许多人会集着。座旁有一架秘雅娜，月光正照在秘雅娜上。裴德文就走进去，坐在秘雅娜旁，弹起他浴了月光所起的即兴的曲来，就是今日的月光曲。

这等故事，孰真孰伪，不可得而知。后人擅自在他的作品上加了这样的定名，原是一件不当的事体。但在月光曲的定名，凡在稍理解音乐的人，都承认是应该且有效的。

特别是第一乐章（first movement）那连续的三连音符，清澈而憧憬最易使人联想初升的月。听了第一乐章，仿佛有九月里（阴历是八月）稻熟，四野都化成一片黄世界的时候，在明月徐升的海上泛小舟的感情。

第二乐章，是三拍子的。清丽，浩大，充满喜气和希望。有与碧天渺无纤尘，空中明月皎洁时同样的感情。清丽中又带神秘玄妙，故音乐家李斯德〔李斯特〕(Liszt)比这乐章为深渊中的花。玄寂中藏有动机，是下章的活动的暗示。

还有第三乐章的终曲（finale)，极有暴风的月夜飞云的感想。震慑的和弦，疾上的半音阶（chromatic scale)，正是音乐化的狂风的月夜。

多数人用这样的自然的情趣来联想这曲，而定“月光”的名目，原也是一种浅易的解法，至少是无害的。但这一层解释，这实在是他自己所谓幻想的奏鸣乐，就是描写对于所爱的球利亚的种种感情的。

按千八百一年他的热情的对象是球利亚。月光曲作于一千八百〇二年，便是他对球利亚的热情的记录。当时他写给友人的信中有这样的几句话：“我现在很安稳。且交接许多人……可爱的少女的魅力达到了这结果（指月光)。伊爱我，我爱伊。这实在是我过去的二年间的幸福的最初的时候。”球利亚，是一个孩儿皮气的，性质上完全像男性的利己的少女。作曲的时候，伊已残酷地恼了裴德文了，后一年，一千八百〇三年，伊就舍了裴德文，嫁与一个伯爵了。故裴德文作此时，对于这女子已失恋。第三乐章全部是烦闷的象征，终曲的暴风似的气象，正是心受烦闷的剧痛而兴奋的感情。

总之这曲不是对浅薄轻率的音乐，是极深奥的音乐。尝过人生的欢喜和悲叹的人，方才能用自己的实际的经验在某程度内感得裴德文此时的感情。

话太长了，月亮高，我们来试弹一个 movement 如何?

白马读书录（一）[①]

人与运命的纠缠，是终古如斯的问题。披览前人的历史，往往使人怒发冲冠、拍案顿足。然而那“运命”总是装着冷酷而凶险的脸，管自肆行他对人的威权，使人无可如何。

裴德文〔贝多芬〕的第五交响乐《运命》（*Fate Symphony*），描写着的是人与运命的纠缠、运命的虐人，末了是人的制胜运命。又他的第九交响乐，即《合唱交响乐》（*Choral Symphony*），是他晚年的，超越的作品。那时他已经全聋了。这制作便是他的超越，制胜运命。在超越的裴德文自己，果否得到超越、制胜运命的胜利和欢喜，我们无由晓得。但在凡俗的我们，总归确也共

---

① 本篇原载 1923 年 11 月 1 日《春晖》第 18 期。署名“子恺”。此文编者所见原刊文字多处极模糊难辨。现录于此，因模糊所猜测之字未一一标明。

伤裴德文的不幸。听说裴德文临死时，自己曾这样说：“唉！我只写得几个音符！……”他所写的音符，在我们颗颗是珍珠宝玉，粒粒是□人间的生命的泉水。假使天假以年，不知他在□□里更有何等的珍贵的供献。或者假使他不聋，又不知在□□上有怎样的指教。真使人不可想像。有人说：孔孟不达，所以有经书的著述，成就其所以为孔孟。我们对于裴德文，也只有这样地自解□。

裴德文的失掉听觉，是音乐家的可悲的运命。同样的失掉重要的身体上的健康或精神上的健康的音乐家，在我所记得还有数人。德意志浪漫派作家修芒〔舒曼〕(**Schumann**)，幼时专心学披雅娜〔钢琴〕，每天练琴七小时以上，正热狂的时候，练习太剧烈了，左手的指伤了筋，□不能动了。当时他何等失望！结果，只得改□，□志于作曲家。后来指伤虽渐渐好了，然究竟左手不能□了。故今日所传的修芒的披雅娜作品，在右手的指法上创意甚多，左手指法上没有甚发现。然而修芒披雅娜曲，如《蝴蝶》(***Papillon***)，如□□□□等，何等秀丽，何等□的而富于感情！假使他的左手指也健全，不知 *Papillon* 的低音部又如何生动。修芒后来又得狂病，曾投莱因河求自杀，结果是颠狂死的。同样有名的，披雅娜家，就是作“夜乐”（nocturne）的波兰人晓邦〔肖邦〕（Chopin）。他是生肺病而短命死的。现代波海米亚〔波希米亚〕作家斯梅塔拿〔斯美塔那〕（Smetana），也得狂病，盛年死在监禁养育院。晓邦是近世浪漫派音乐家中的巨子，他给我们许多美丽的夜乐，我们讲起晓邦，便想到夜乐，听了夜乐便联想这死于病苦的天才晓邦。斯梅塔拿是十九世纪的音乐的先觉者。听到了他的杰作歌剧《交换新娘》（*Prodana Nevesta*），不禁痛惜彼的死在监禁养育院里的作者。波海米亚歌剧，就因了他的这首《交换新娘》而得到世界的地位的。

十八世纪作家，庞有大狂[1]（Lumboism）的通病。十八世纪末的裴德文，也是一个庞大狂者。他们专重长章大篇的声乐曲、交响乐、奏鸣乐（sonata），至于小品

① 似应为“有庞大狂”。

的 sketch，全然没有注意到。音乐上的 sketch，就是歌谣曲（lieder）。发现歌谣的伟大的，是修陪尔忒〔舒伯特〕(Schubert)。故修陪尔忒名为“歌曲之王”(King of Lieder)。

十八世纪的作家，只晓得象比黄莺儿魁伟，□□□比可□□□□大。但不曾…………优美。……的修陪尔忒，生前并不被人知名，全不受人崇敬的，穷苦里的人。修陪尔忒与裴德文同时代，但二人生前始终没有见面。裴德文直到临死时，始晓得世上有知音的修陪尔忒。修裴尔忒直到裴德文死后，始悔知音的失之交臂，就立刻追随他到地下，同葬在一个地方。江马修把这段历史做成一篇散文诗，使我读了流泪不已。这诗的大意译述在下面：

这样年轻的修陪尔脱，已崇拜那伟大的裴德文了，大家就是他所要保护的神明。但是修陪尔忒始终没有和裴德文相见。同时代的两个伟大的音乐家，又同住在一个地方，二人到底不得相会。他对于这样崇拜着的作曲家，当然是十分热望地想会见的。想是他的生来的孤僻性和对于大家的深挚的畏敬心，长久压住了他的难抑的热望，使他寂寞地笼闭在他自己的事业中。

后来恐防他是到了无论如何不能再抑制要见这稀世的天才的欲望了的时候了，他就拿了自己所作的曲，去立在裴德文的门前了。但主人不在，凑巧去散步了。于是他就留下了他的作曲的稿子，默默地回了去。

后来裴德文在病床上读了他的作曲，惊觉了这青年作曲家的天才，这样叫道：这里面有神明的闪光！

不久裴德文竟在重病的床上不再起来了。修陪尔忒听到了消息，这次他不能再踌躇了，他就跟了去描在死的床上的作曲家的肖像的友人，急忙来到了这悲哀的人家。于是他就立在那样热望会见的，稀世的人的近旁了！唉，但是裴德文已经失掉了意识了！已经不能晓得修陪尔忒的来了。于是两个伟大的灵魂，虽然这样相接近了，但在这世界里，到底没有交一言的情谊而长终了。

裴德文的举行葬式的时候，修陪尔忒当了持炬火的十二人中的一人，来送这逝世的魂。回来的时候他和几个友人到了一所酒馆里，说了这句话而尽杯：“为现在席上最早死的人干杯!”

修陪尔忒竟抽着了这可悲的签，不久他也死了。他到了将近临终的时候，觉得自己已躺在墓穴了，说一句他的最后的话：“这里没有裴德芬睡着了!”

这便是世间两个大作曲家的运命。如今二人的铜像，在文纳的广场上并立着。

修陪尔忒死后九十五年忌辰后四天，在小杨柳屋。

白马读书录（二）[1]

最力强的、最雄辩的音乐，要算管弦乐 orchestra 了。在表面上，管弦乐是网罗一切种类的乐器的，所以音色最复杂，表情的变化最富。在内容上，管弦乐所奏的是交响乐（symphonie），交响乐是最进步，最长大的乐曲形式。所以演奏交响乐的管弦合奏，为现代音乐的最高水准，即所谓"Crystal Palace of Symphonie"（交响乐的水晶宫）。

近代所谓管弦乐，即 orchestra 的一个名词，意义已和这词的起源大异了。查 orchestra 一个名词，本源是希腊的剧场里最近民众的舞台的一部分，合唱队（choir）所歌舞的场所的名称。后来歌剧（opera）兴了，就称歌

① 本篇原载 1924 年 3 月 1 日《春晖》第 24 期。署名"子恺"。

剧的伴奏者团体所住的场所为 orchestra。地点在听众与舞台之间，即舞台最前方，近着听众的地方。歌剧发达以来，orchestra 的一个名词的意义也推广起来，后来连在这场所的演奏者也名为 orchestra 了。orchestra 为泛指管弦合奏的名称，从这时候起。然以前的管弦乐都是伴奏的性质。到了近代器乐发达以后，始有独立演奏管弦乐。

近代普通管弦乐所用乐器的个数，大致约一百左右的为最多。乐器的种类大约二十种左右为最普通。然用乐器特别多的也有，像陪辽士〔柏辽兹〕（Berlioz，1803—1869）的交响乐，需用乐器至数百。乐器数的多寡，原须视乐曲的性质和指挥者的意见而定。用器多少，只是管弦乐的体裁大小的问题罢了。然所用的乐器的性质，在各时代略有差异，到是一件可研究的事。从罕顿〔海顿〕（Haydn，1732—1809），裴德芬〔贝多芬〕（Beethoven，1770—1827）时代以来，管弦乐中所[1]

① 此处脱“用”。

乐器，大概有日趋新奇的倾向。到了最近，几乎把噪音用入管弦乐中，而博得听者的好评。这也是近代人心理的一种表现。绘图上爱用不调和的色彩，不合透视法的形，正和音乐上使用噪音的心理相同。

历史地观察起来，orchestra 可分三种。所用各乐器的音色，调子，都渐趋于新奇。第一种，“小管弦乐”（small orchestra），所用的乐器是第一怀娥铃〔小提琴〕（1st violin），第二怀娥铃（2nd violin），微渥拉〔中提琴〕（viola），赛洛〔大提琴〕（cello），弗抑忒〔长笛〕（flute），克拉理耐忒〔单簧管〕（clarinet），罢诵〔大管、巴松管〕（bassoon），忒浪湃忒〔小号〕（trumpet），丁帕尼〔定音鼓〕（tympani）等。每乐器用二个以上。像莫扎尔忒〔莫扎特〕（Mozart，1756—1791）的交响乐，都是用这形式的。第二种，“大管弦乐”（large orchestra）在以上所用的乐器以外，又添用两个杭〔圆号〕（horn），两个忒隆蓬〔长号〕（trombone），两三个披可洛〔短笛〕（piccolo）。把形式名为“交响乐的管弦乐”（symphonic orchestra）。罕顿，裴德芬，修芒〔舒曼〕(Schumann，1810—1896)，勃拉姆士〔勃拉姆斯〕(Brahms，1833—1897）等都用这形式。音量宏大，音色也较为复杂。第三种，“近代管弦乐”（modern orchestra）取用乐器特别多。因了近代歌剧的勃兴。标题乐（program music）和音诗（symphonic poem）发达，就特别扩大管弦乐的形式，改变管弦乐的色彩。即在大管弦乐所用的乐器以外，又添用音量更宏，音色更变化的诸乐器，如英吉利杭〔英国管〕(English Horn)，罢斯克拉理耐忒〔低音单簧管〕(bass clarinet)，孔德拉法各忒〔倍低音大管〕(contrafagott)，罢斯邱罢〔低音大号〕(bass tuba)，哈泼〔竖琴〕(harp)，大小太鼓（drum，large and small)，德来昂格尔〔三角铁〕(triangle)，又用风琴。自此再进步，到了最近，愈加复杂。德国现代乐派大家马来尔〔马勒〕(Mahler，1860—1911）所作的管弦乐中，曾用发大炮似的噪音的乐器。这样使用新奇的乐器是否合理，姑且不论。今后管弦乐用器更将日趋新奇的倾向，因此可以预知。

山田耕作拿建筑物来比方管弦乐。他说：“近代管弦乐，关系极复杂，难于比喻。在裴德芬时代的古典音乐，乐器简单，直可用普通的建筑物来譬喻。按乐器的特性来比方建筑物时，孔德拉罢斯（contrabass）是基石。赛洛（cello）是上面是石床。在近代乐，则是施华丽的意匠的石床；在古典乐，则是和基石同样的粗石床。微渥拉（viola）是各处建立着的柱子。地位虽小却负着重要的任务。第二怀娥铃（2nd violin）是建筑物的内壁，第一怀娥铃（1st violin）是外壁。在近代乐，内外壁透明，光线流通，故内外不易分别。哈泼（harp）是各处饰着的缀锦。打乐器是调节音乐的步调的，可比方建筑物上各处的钉或键。金管乐器（brass orchestra）是建筑物内部的规划，木管乐器（wood wind）是建筑物外部的点缀。故管弦乐是一所流动的建筑物。”爱听管弦乐的人，必然晓得这譬喻适切。

一九二四·二·二

白马读书录（三）[1]

十六世纪以前，并不曾有独立的管弦乐。管弦乐成为独立的器乐样式，是意大利歌剧勃兴的结果。一千五百九十七年，意大利歌剧家悲李〔佩里〕（Peri，1560—1630[2]）所作的歌剧*Daphny*〔《达芙妮》〕告成。这是意大利歌剧的先声。也可说是全世界的音乐剧的始祖。此后歌剧就风行意大利全土。就中拿破利地方唱歌法大发达，凡尼西亚地方器乐伴奏大发达，就渐渐酝造出管弦乐的新艺术来。凡尼西亚乐派伟人蒙台凡第〔蒙特威尔第〕（Monteverde，1567—1643，意）始在他所作的歌剧中用怀娥铃〔小提琴〕，效果颇大。从此器乐就不仅为伴奏用，

---

① 本篇原载《春晖》1924年3月16日第25期、4月1日26期。署名“子恺”。

② 一作“1561—1633”。

而常常独立了演奏歌剧的序曲（overture）了。后来这风潮入德国，于是始有完全独立的管弦乐队的组织出世。

但这原始的管弦乐，实在比不来近世的管弦乐。德国初期的管弦乐，只有弦乐器较多，此外的乐器不过二三件。例如罢哈〔巴赫〕（Sebastian Bach，1685—1750）的作品，虽然最大的器乐曲，也不过在弦乐器之外用两个弗柳忒〔长笛〕（flute），两个渥薄〔双簧管〕（oboe），一个法各忒〔大管〕（fagott），两个杭〔圆号〕（horn），三四个忒隆蓬〔长号〕（trombone），和一对丁帕尼〔定音鼓〕（tympani）。后来莫札尔忒〔莫扎特〕（Mozart，1750—1791，墺〔奥地利〕）始在管弦乐中加用克拉理耐忒〔单簧管〕（clarinet）。然这仿佛是在弦乐的素描上加了些淡彩。

裴德芬〔贝多芬〕（Beethoven，1770—1827，德）在音乐史上，是从古典乐派到近代乐派的桥梁。但他对于用器法，墨守旧制，并未踏出莫札尔忒一步。不过在他的《第五交响乐》（*Symphony no.* 5）中新添了三个忒隆蓬。再下去，修芒〔舒曼〕（Schumann，1810—

1896，德），孟檀尔仲〔门德尔松〕（Mendelsson，1809—1847，德），修陪尔忒〔舒伯特〕（Schubert，1797—1828，德）等，也不过蹈袭裴德芬的旧制，只有修芒的作品中添用了一个有瓣的杭。直到了陪辽士〔柏辽兹〕（Berlioz，1806—1869，法），管弦乐的规模方始宏大。

陪辽士的作品中，例如作品第四《李尔王》的序曲（Op. 4，Overture of *King lear*）和作品第九《罗马谢祭肉[①]》〔《罗马狂欢节》〕（Op. 9，*Le carnaval romain*）等，原并没有什么特异。到了作品第十四《幻想交响乐》（Op. 14，*Symphony Fantasia*），始完全打破后来的管弦乐法而别开新面目。那曲中所用的乐器如下：

string（弦乐）
- lst violin…………十五个以上
- 2nd violin…………十五个以上
- viola………………十个以上
- cello………………十一个以上
- contrabass…………九个以上
- lst harp……………二个以上
- 2nd harp………………二个以上

① 应为“罗马谢肉祭”。

wood wind（木管）
- flute……………………二个
- oboe……………………二个
- clarinet…………………二个
- fagott……………………四个

brass（金管）
- horn……………………四个
- cornet…………………二个
- trumpet…………………二个
- trombone………………三个
- tuba……………………二个

percussion（打乐）
- tympani…………………二对
- symbol……………………一个
- large drum………………一个

其中有几部分，第一，第二怀娥铃又各分为三部，微渥拉〔中提琴〕又各分为二部。

又如他的作品第十六《在意大利的哈洛尔特》（Op. 16，*Harold en Italie*）中，加用英吉利杭〔英国管〕（English horn）和微渥拉独奏。又作品第十九《洛梅渥和周理安典》〔《罗密欧与朱丽叶》〕（Op. 19，*Romeo et Juliette*）中，用披可洛〔短笛〕（piccolo），又仿裴德芬的第九交响乐，用声乐合唱。他的伟大，在于构成这庞大的管弦乐时不蹈袭旧有的用器法，而从全然独倡的立场上成功。所以从陪辽士出世以后，管弦乐始能实在收得立体的效果。

此后使管弦乐再进步的，是华葛拿〔瓦格纳〕（Wagner，1831—1883，德）。华葛拿，实在是受陪辽士的影响的。他的个性表现后的后期诸作品，明明显示着管弦乐用器法的进步。像有名的歌剧《忒理斯当和伊索尔揆》〔《特里斯坦与伊索尔德》〕（*Tristan and Isolde*）中，弦乐群全由第一流的名手组成，其他各群的组织是：

wood wind（木管）
- flute……………三个（第三兼 piccols）
- oboe……………二个
- English horn……一个
- clarinet…………二个
- bass clarinet……一个
- fagott……………三个

brass（金管）
- horn……………………四个
- trumpet………………三个
- trombone……………三个
- bass tuba……………三个

percussion（打乐）
- tympani
- triangle
- symbol

又在《莱因的黄金》中，用八个杭，六个哈泼〔竖琴〕，一个孔德拉法各忒〔倍低音大管〕（contrafogot）和一个孔德拉罢斯邱罢〔倍低音大号〕（contra bass tuba）等乐器。华葛拿是用这乐器法把他的乐剧的内容音乐化的。所以他的乐器法，名为“戏曲的管弦乐法”。

还有，俄国的代表的管弦乐作家却伊可甫斯奇〔柴可夫斯基〕（Tschalpovski[①]，1840—1893）的用器法，精妙不亚于前述的二人。例如第二怀娥铃，又分二群。其中一群和第一怀娥铃音程相同，别的一群和微渥拉音程相同。这样，就保住音程的均衡（balance），实在可说是极纤细的用器法。俄罗斯近代管弦乐，大概受他的影

---

① 现通常为“Tchaikovsky”。

响。他的用器法的长处，不在于乐器的多样，而在于配合法的精妙。故在音乐上特名他的用器法为“Mosaique的用器法”。（mosaique 是嵌细工，本来是造形艺术上的名词。现在用以形容用器法，就是说这用器法精致如嵌细工。）

晚近管弦乐界的革命儿，是德国的许德洛斯〔施特劳斯〕（Strauss，1864—〔1949〕），他袭取陪辽士和华葛拿的管弦乐法，而规模比他们的更大。他所作的有名的歌剧《札拉图斯忒拉这样说》〔《查拉图斯特拉如是说》〕（*Also Sprach Zarathustra*）的用器法是：

string（弦乐）
- 1st violin…………十六个
- 2nd violin…………十六个
- viola………………十二个
- cello………………十二个
- contrabass…………八个
- harp……………二个

wood wind（木管）
- piccolo……………一个
- flute………………三个（第三兼 piccolo）
- oboe………………三个
- English horn………一个
- clarinet……………^{b}e 一个 ^{b}b 两个
- bass clarinet………一个
- fagott………………三个
- contrfagott…………一个

brass（金管）
- horn………………六个
- trumpet……………四个
- trombone…………三个
- bass………………二个

keyed（键盘乐）　organ………………一个

percussion（打乐）
- tympani……………一个
- large drum…………一个
- symbol………………一个
- triangle……………一个
- glockenspiel…………一个
- bell…………………一个

从这等作家的用器法看来，可知近代乐所以异于古典乐的，不仅在乐器的种类和个数的多寡，而又在乎各乐器的地位不同。古典乐以弦乐器为器乐的基础，管乐器等只供修饰之用。十八世纪以后，各乐器立于对等的地位，全无主从之分。连打乐器也不复立于附从的地位了。结果，近代的音乐越变成多彩的，又立体的。而管弦乐竟变成“各乐器的立体的流动”的意义了。

一九二四，三，一一

白马读书录（四）[①]

sonata和sonata form，名目好像相差甚微，其实大不相同，可分别，比较如下：

器乐曲形式中最进步的，是“朔拿大形式”（sonata form）。sonata这一词，原来是sounding pieces的意义。所以译作“奏鸣乐”。但是“奏鸣乐”和“奏鸣乐形式”，意义完全不同。简单地说，“奏鸣乐”是三四个乐曲组成的一个长大的器乐曲的名目。这大乐曲的内容，由三四个较小的乐曲组合而成。各较小的乐曲名为“乐章”（movement）。就中第一乐章，特名为“奏鸣乐形式”。换言之，“奏鸣乐形式”不是乐曲的名称，是乐曲形式的名称。且奏鸣乐形式并不一定应用在奏鸣乐内。

---

① 本篇原载1924年5月1日《春晖》第28期。署名“子恺”。

例如序曲（overture），是用奏鸣乐形式的，但不称为奏鸣乐而称为序曲。

“奏鸣乐形式”，由前中后三部立。前部有两主题，第一主题是在主音上的，第二主题是在主音的第五度上的。（例如主音是 Do，主音的第五度是 Sol。在和声乐上，第五度音名为属音，与主音有表里的关系，故由主音转调于第五度音，对比的效果最著。）两主题反复二回。（要使两主题的印象深切，放反复两次。）中部用“主题展开”（development）的方法演成。所谓主题展开，就是听作者以前部两主题为根据而自由发展。这中部的作曲，要富兴味，最要技俩。曲的价值，也全在这部分。后部仍由第一，第二两主题组成，但不如前部的重复，又后部的两主题都是在主音上的。今把奏鸣乐形式的组织列表如下：

奏鸣乐形式
- 前部
  - 第一主题（主音上）
  - 第二主题（主音的五度上）
  - 第一主题（主音上）
  - 第二主题（主音的五度上）
- 中部　主题展开
- 后部
  - 第一主题（主音上）
  - 第二主题（主音上）

奏鸣乐形式为最高等的乐曲形式。因为彼的组织最为完备，最为巧妙。就内容上说来，前部是问题，中部是解释，后部是回答。先用互相对比的两个主题为问题，在中部详细解释一番，解释的结果就是后部的答案。这顺序最有层次，最合理，故为最高等的乐曲形式。

长大的器乐曲中，有一种名为组曲（suit）。组曲本来是联合数个舞曲而成的。后来发达起来，就变成最高等的大乐曲“朔拿大”，即“奏鸣乐”。

“奏鸣乐”由四个较小的乐曲（乐章）联结而成。

第一乐章——奏鸣乐形式（前面所述的）。

第二乐章——歌谣形式，即三部或复三部形式。徐缓而抒情的。故通常名这乐章为“徐缓章”（slow movement）。

第三乐章——古风舞踏曲。梅奴哀〔小步舞曲〕（menuet），斯概尔作〔谐谑曲〕（scherzo）等轻快调。

第四乐章——旋转调形式（rondo form）或奏鸣乐形式。通常用急速的拍子。

这配列也是以对比（contrast）和均衡（balance）为基础的。即在繁重的小奏鸣乐形式的，快拍子的第一乐章之后，继以单纯的，抒情的徐缓章。又第三乐章须和第二乐章对比，故用轻快的舞曲。第四乐章是总括一切的，故须用兴奋的急拍子。但经过了长时间的演奏，听者已稍稍疲倦，故第四乐章大都不取繁重的奏鸣乐形式，而用单纯的旋转调形式。

奏鸣乐并不一定由四乐章组成。略去第三乐章，单用第一，第二，第四乐章的很多。自裴德芬〔贝多芬〕（Beethoven）以来，奏鸣乐组织法没有一定，全然因作家而异。到了现代，形式更加不拘，渐渐生主重内容表现的倾向。十九世纪第一流作曲家修陪尔忒〔舒伯特〕（Schubert）所作的B调短音阶交响乐（symphony，就是奏鸣乐，不过用的乐器很多），只有第一，第二两乐章。因为作了一半修陪尔忒就死了。这未完成的曲，就被认为一种乐曲形式，名为《未完成交响乐》（*Unfinished symphony*）。又目下还生存的俄国音乐家，即前年曾到东京旅行演奏的布罗柯费夫〔普罗科菲耶夫〕（Sergei Prokofiev，1891生[①]），曾发表过一曲只有第一乐章的披雅娜〔《钢琴》〕奏鸣乐，为世人所承认。

一九二四，四，二九

① 生卒年为“1891—1953”。

无学校的教育[1]

我不相信世人所呼为“学校”的滑稽的建筑物是教育的机关——卢骚《爱米尔》第一编

我对于学校的怀疑心，起于在某师范学校读书的时候；后来自己做教师，所感更深；近来送女儿入小学，所感又深一点；最近参观一个小学校，所感尤深，就写这篇文字。

我在师范学校读书的时候，有一天先生教我们唱一首三部合唱的歌曲，那歌曲重音各部配得很有趣，歌词也作得很好，我们都很欢喜上这课，已忘记时刻。三部

① 本篇原载 1927 年 7 月 20 日《教育杂志》第 19 卷第 7 号。

合唱练习将近纯熟，上口正甜密的时候，忽然下课铃在窗外响起了。先生站了起来，说“休息罢，下礼拜再唱”。然而我们现在兴味正好，全不觉得吃力，并不要休息；况且这是合唱，要练得多数人都一致地纯熟，很费时间，到下礼拜上这课的时候，因为平时没有齐集来温习的时间，一定不能立刻上口，必须再费若干的时间来整顿方能成腔。所以大家怏怏地散出。我回到自修室里一看课程表，下一课是博物。就挟了教科书到阴暗而气味难闻的博物教室里去了。今天的博物课是讲细胞，且是示细胞标本。先生慢慢地点名，慢慢地讲开场白，慢慢地在近窗处的茶几上安排显微镜，慢慢地配准距离，我们一班共有四十五个人，这时候肃静地排列在教室里，很像一所罗汉堂。约历十分钟，先生已配准显微镜的距离，发命令叫我们一个一个地顺次去望细胞的形状。我因为上学期考第二，排在第二座，不久就轮到了。我去望细胞，约历半分钟，仍旧回去坐的时候，望见后面一大批人有的引领，有的支颐，像饥蚕在那里等候着自己轮到。我已经达到目的了；然而这回的坐要一直枯坐到下课铃的响出，而且无复希望，仿佛已是“残年”了。在枯坐的时候，我想：“为了每人半分钟的望显微镜，何必把很有兴味的三部合唱停止呢？况且一人望显微镜，何必四十四人坐着陪呢？难道读书一定要这样的？”这是我对于学校制的怀疑的开始。然而我不敢讲出来或有所表示，只是自己想想，至多逃一回课。

后来我做教师了。有一次，我在某校教图画。第一次上课时，教务主任引导我到一个黑暗的教室里，因为里面罗汉堂似的排列着满室的一律黑制服的学生，所以更加暗。教务主任讲了一番为我作广告兼对学生作训话的介绍辞，就拉上门去了。教室既无设备，学生也都空手，况且介绍辞已费去约二十分钟，这一小时（五十分钟）已经只有一半，我只得也用几句话敷衍过了。下礼拜这一天是什么纪念节，放假；再下礼拜恰好这时间开什么会，停课；第四礼拜上课，我带了两个瓶，一块布去，不管光线如何，把它们供在黑板前面，叫他们写生。然而学生太多，足有五十人，前面一行离黑板只有三尺地位，两端的人，要把头旋转九十度方可看见模型；又前几列有许多长学生，把后几列里的矮学生遮住，许多矮学生立起来对我责问办法，他们好像是自己不会动的木头人，一个一个都要我去搬排，——他们一举一动都要叫我，甚至小便都要对我讲。——等到我为他们排好位置之后，已经半小时过去了。他们图画有的用毛边纸，有的用拍纸簿，有的用自来水笔，有的用削得很尖的抄札记用的 HH 的铅笔。然而这更是说不到的事，我也毋庸批判他们的用具的不良了。第一人缴卷了。那人问我“这可得几分?”我突然不快，答说“没有分数!”讲桌下面忽起一片惊愕声：“没有分数?”继续起一种一致的动作，似乎是因为晓得没有分数而失望地投笔。我兴奋了，把图画课的意义目的与分数的作用为他们申说一番。然而这话在他们听来是官话，且在那环境中，我自己觉得似乎也是无用的废话，徒装场面而已。他们受了压迫似的勉强再画不久，下课的铃响出，大家争先恐后地来缴卷，满期的徒刑犯似的扬长而出教室了。我收拾他们的画，退出教室，走到教务处里，就有教务先生郑重地对我谈话，说是未到时刻，不要放学生出教室，因为他们要在窗外骚扰，妨碍别班的上课。我唯唯。我记得了，刚才第一个缴卷的学生问我“画好了可否出去?”的时候，我说，“可以”，讲桌下似曾有惊诧的表示，原来这办法在他们是素来没有的。上课时间，不得出教室，无事也应该端坐教室中，这才是守校规。唉，我不懂校规，宜乎受教务先生的谴责！

下礼拜我因事请假；再下礼拜又逢什么纪念，放假；再下礼拜又逢什么开会，停课……忽然发生什么事故，提早放假。教务主任送我两张表格，一是本学期学业成绩表，一是本学期操行成绩表。我接了茫然。我是走教的，下电车就上教室，下教室就上电车的。我这一学期只上二三次课，人数这样多而见面这样少的学生，我连姓名都没有一个记得。他们的所缴的画，我实在只翻看一遍就发还，并没有记出分数，这些表格怎么填得起来呢？我去同一个什么主任商量，把这实际情形告诉他。他说：“这不过是教务课的一种办事手续，只要大概，只要你填好了。”我方才明白，这是教务课为了要完手续而叫我填的表格，与学生、教育是全无关系的。

这是学校的“政府”。从前我做学生的时候憔悴于虐政；现在我是自己做了教师而在执行这虐政了！

〇

近来我的女儿长到七岁了。家里的人都说应该入学，就送她到邻近的前期小学校去。那小学校学生不多，大半是相熟的几个邻人的子弟，聘定几位女先生专任教授，这样自由的组织，想来一定是很可合理地办理的。我因为自己烦忙，没有去参观。但每天下午听见《葡萄仙子》的合唱声，许多童声和一个女声，非常聒耳，连附近的娘姨们都常常同声赞美；并且这教育竟普及于她们，不久附近的娘姨都会唱了。有一天，我偶然经过那学校，从门中瞥见里面正在上课，壁角里一个六七岁的孩子背立着。晚上我问起我的女儿，她说：“先生叫他立壁角。”我说“为什么立壁角?”她说：“因为他吃中饭后到得太迟。”我又问“你立过否?”她说“我不立，我与某人，某人，先生都不叫我们立”，她又说“迟到要立壁角，……打手心，罚一个铜板买笤帚”。她就跑走了。我想到了：所以我的女儿每天朝晨醒来很惊惶，且起得迟了要哭，要母亲送去，或要赖学。她的不立壁角，大概一半是因女先生对我有交情的原故，一半是有她母亲送去的原故。而且这孩子每天朝晨的不快相，与礼拜六的欢喜相，明明表示着她对于学校的不好感。我一向错怪了她，原来是里面有这种虐政的原故。我的女儿，我想不识字也不妨，何必因为贪识几个字，而教她的小心去受这种虐政的压迫与伤害呢？不久，有一晚我的女儿忽然问我："爸爸，考试是什么？"我说"谁教你这话？"她说："先生说要我们考试，考试了放假。"我略为她解释这名词，次日就叫她辍学。

娇滴滴地唱《葡萄仙子》的青年的女先生，会虐待孩子，会课罚金，会做考试官，真出我意外！这又是学校的"政治"。但我决计料不到，这六七岁的小孩子的小学校，规模极小、关系极自由的小学校，也会蒙受"政治"的影响。其他的公立、官立的大规模的小学校，我推想起来，一定更不堪了。世间自然有很真实的小学教育家，很合理的模范的小学校，然据我所见，普通的小学教师中，像这类的青年的女先生很多，且算是漂亮人物的，因为她们有女子师范毕业的资格，有受“检定”的衔头。她们的思想相差一定不远，任她们虐弄的小学校一定不少。做小学的教师，做孩子们的先生，负何等重大的责任，是何等神圣而伟大的事业！叫这种姑娘们、小姐们或少奶奶们如何的担当得起呢？她们的要毕业，要检定，要当教师，大半是为要名声，要时髦；而要名声与要时髦，又大半是为要恋爱，要结婚。她们认真懂得什么“教育”，——“儿童教育”，认真有什么做小学教师的“愿心”呢？把子女送给这种人玩弄，还不如叫他们在家里帮母亲洗碗，缝衣，习家事，到可以着实学得做人的道理。

○

有一天晚上，我出外看月亮，偶然立在一个夜小学校的教室的窗外。靠窗坐的恰好是一个我们的邻童，他常常捉老蝉或拾小石子来送给我家的孩子，所以我很熟识他。他仰头看见了我，立刻对我笑，把他手里的一只大扑火虫在板桌下底给我看，又立刻向黑板前的女先生一看，继续是对她扭一扭嘴，又对我一笑。女先生正在问前列的孩子，“三民主义是谁作的?”一个约八九岁的女孩子伸着手，唱歌式地叫“孙总理!”继续后面起一片混杂的声音，“孙中山先生!”女先生笑哈哈地说“对！对!”又问：“介末孙总理，孙中山先生，现在阿活着呢?”又一片混杂的声音“死了，死了!”女先生又问“介末代替孙中山先生行这个三民主义的，是啥人呢?”说话未完，在我近旁窗内的那孩子突然跳将起来，把一只手高举，似乎接网球的姿势，尽力发一种怪音“蒋总司令!”跟着又是一片混杂的声音。“蒋介石，蒋总司令!”那孩子拼得了第一个回答，似乎踢进了一个goal，得意地向先生看，又回转头来对我装个鬼脸。秋夜的冷风吹我打个寒噤，我就回家。

次日，我在路上遇到那孩子，他又捉着许多知了和老蝉，问我要不要。我回答他说：“我不要。你不可弄杀它们，玩好了要放生。”又对他说：“你昨天晚上回答得很好！你这么大就懂得三民主义、蒋总司令了!”他笑着说“先生教我们的”。随即跳了去，口中唱“三民主义是我们国民党的……”回头对我一笑，又一面唱，一面跳远去了。我站着目送他，隐约听出他唱的是“孙中山先生……”，“蒋总司令……”，大约是平日读的教课中的文句。

我曾经遇见许多小姑娘，都能用熟读的文句来机械地解说三民主义，又能背诵总理遗嘱。我觉得，孙中山是伟人，三民主义是宏著，孩子是可爱的人，然而并在一块，至少有点滑稽。小孩子对于政治上的事，当然是不能够了解的。记得我在高等小学的时候，曾经读慈禧太后的圣谕，对于“朕钦奉……庄仁寿恭钦显皇太后懿旨……”的文句，完全不懂，完全硬记而成诵。然而我那时候年纪，还比现在这班初级小学生大得多。假如现在这班小孩子都比我聪明，已够得上了解政治，那这班一定是童年的“老人”，真的是所谓“老头子的儿子”了。这样的教育，实在使我非常怀疑。

○

我对于学校的怀疑心，到现在已牢不可破。我决不再送我的儿女入一般的学校。并且想像甚样才是合理的儿童教育。有时“废除学校”、“无学校的儿童教育”一类的观念，不期地浮现到意识的表面来。最近买得了西村伊作的新著《我子的学校》，读过之后，觉我所怀的模糊的观念，都被他深切、正确地道破了。

西村伊作是现在日本最新的私立学校文化学校的院长，是对于教育有深大的思虑，而正在独创地试行新教育的人。他对于儿童教育，尤有创见。他有八个子女，都不入学校，在家里教养长大，都很健全。长女 **Ayako**，十一岁已著很好的童话，即现在日本文化生活研究会出版的 *Pinochiyo*。今年四月，他发表《我子的学校》一书，书中记录着他对于儿童教育的主见和计划。书作随谈的体裁，他自己在书端说着："我作这本书，不用著书的态度，而用与朋友们谈话似的态度。这是随心而发的话，是杂谈。"所以全书都是短短的一段一段的谈话。虽然分立着许多标题，但也并无截然的起讫。我购读之后，特别对于他的反对学校而主张无学校的教育的几段话发生共鸣。就把它们节录在下面，以实这篇文章。

〇

说起教育，就想到学校。人们似乎都以为学校对于教育是这样地万能的。

希望我儿入良好的学校，毕业的学校愈高等愈好；使投考学额少而入学试验困难的学校；使得优等成绩，争主席，优等毕业：这是多数的父母对于子女的理想，又希望。

仅乎如此就了事么？为了我的爱儿的教育，为了我儿的一生的幸福，又为了营人类的善良的生活，对于我儿的学校仅用世间一般的思想了事，不但有误我儿，或将破坏父母自身的后半生的幸福，也未可知呢！

人类的爱子之心，跟了进化与向上而深起来。不但止于本能的爱，又因了人生观的、哲学的、宗教的、社会的及种种复杂的组合的思想，而爱子的方法进化起来。

学问与技术进步发达的时候，爱子的心一定也同样地进化、向上。爱的达于最高点，当不就是教育么？说起教育就想到学校？

〇

学校，至多不过是教育的一部分。教育不仅是学校。我以为人还是在家庭、在社会所受的教育多。

家庭、朋友、社会等，不意识教育而实在教育；但一般似乎以为只有学校是教育的。有的父母，想教育自己的子女，但自己为职务所羁，没有亲自教育的时间，而专任其教育于学校。——这是现今的现象。

托其子女于学校的父母们，原非盲目地信任学校，以为任何学校都好的。在现今，颇有对于教育关心的人。选择学校，对学校有种种的希望，有种种的理想，关心于学校的教育方针与教育方法，种种的预先恳托，又时时留意于子女的在学状况。

怎样选择学校？甚样的学校是善良的学校？对于学校应有何种恳托？我儿的学校生活甚样才是好的？我为了要供关心于这等问题的爱子的父母们的参考，又要得几个共鸣的读者，写这篇文字。

○

差不多受教育的全部的委托的学校，这等学校的教师们，倘以为学校只是教育的一部分，而只教学校所有的学科，在今日的社会状况中是不行的。所以教师有具父母的心，当作自己的子女去教育学生的必要。教师不可当作教诲学生；不可把教师当作一种职业，而只在教坛上讲读教科书；须得想像这些学生倘都是自己的子女，应该怎样对他们说话，怎样管理他们；须用父母的心来教育学生。

○

我以为即使没有学校这样东西，人类生活上不会起大的困难。食物、衣服等，倘然没有了，人的生活当然不行；但是在现今的人的生活上，似是必要，而其实没有也不妨的事，很多。

米是人生不可缺的食物，似乎没有米一日也不得过去；然而请看，没有米的国土，很发旺地在那里进步。竹可制种种器具，是非常便利的宝贵的材料，于人生是必要的；然而没有竹的西洋诸国，其文明的发达非常卓著。

我以为人所作出的器具、器械之类，大部分是即使没有，人也可以生活。火车、轮船，大家以为是停驶了一天就不得了的。然而今日如果没有了这些，不过一时缺了用惯的东西而感到不便，不久之后，人就可没有火车轮船而生活了。

世间有视文明为无用，对文明抱反感的人。他们以为一切文明的机械岂但于人类绝无必要，反而有害于人类的幸福与安宁。对于“国家”一物，也是如此：国家的种种机关、法律、政治等，像今日地复杂地发达，阶级、资本、地位、利权等，这样复杂地混入人类生活中，人类的幸福的生活就愈加受害了。这种思想，我也常常觉得不错，不能轻藐地嘲笑这种思想为狂妄呢。

金钱处处增贵，是一日不可缺的东西。谁也承认没有金钱一日也不能生活，是今日的状态；然而世间即使没有了金钱，人类决计不会灭亡。在像现今的，为金钱受苦，为金钱丧命的人很多的时候，反而有时使我想像没有金钱的世界而神往。金钱的贷借，为工商业是必要的事。许多人以为倘然没有贷借，没有银行，产业不会发达；然而我以为金钱的贷借，正是使人生陷于悲惨的原因。也有议论贫富的悬隔与资本的暴虐的人；殊不知其根本实在于金钱及其贷借。

议论今日的社会问题的时候，倘也想一想这社会的缺陷的根本，我想其所论一定完全不同了。

○

关于学校，也是如此：倘只想今日的学校的状况，或只考自昔至今的学校的历史及其发达状态，那么，其对于学校的思想就固定于现在的学校，不会生起自由的新的思想，对于学校与人的关系，不能用更根本的思想来考察了。

我们必先考察：教育与学校对于人生有如何的关系，用极根本的、不为现状所拘囚的心，来自由地考察，与我们的本能相商谈，促动我们的直感，以造出自己的思想来。

○

我以为过分把教育委托于学校，是不好的。现在几乎一切的人都以为非学校不能教育，不入学校就不能养成良好的人格。因此盲目地信赖学校，以为总要入上级的学校，总要入名望好的学校。做学校的奴隶了！

他们都以为，不在上级的学校毕业，不能出世；女儿不在女学校毕业或出身于女子大学，不能嫁好的丈夫；只要有长期的进学校，就是好。反之，学校在教什么东西？子女怎样在学校用功？却全然不知，全然不想。只要是在进学校，就是我在大尽心于儿女的教育。——实际有这对人说的父母们。

非为爱子女、顾虑子女的一生而使入学校受良好的教育，是为自己的虚荣或体面而使子女入学校的人，好像也有。自己并不要入学，单为了父母的虚荣而入学的子女，好像也有。

○

“至少小学校非入不可，因为这是义务教育，不可不使受得。”这样的说法，原是不错的。然而我相信，因故而不得入小学校的，也可养成为完善的人。

身体羸弱的孩子，不使入学校，而在家庭里、病床上，每日用少数的时间，教他一点文字、唱歌、绘画，讲一点有兴味的话给他听，也许能使得到与入学的孩子一样的，或比入学的孩子更高的、人的教养。

在学校里，有种种的科目，众多的孩子对于一个先生所说的话，有时听，有时不听而与邻座的孩子耳语或恶戏。与其如此，不如每日由父母或教师教一种学科，着实地学习，即使用功时间少，或许可得有大效果的教育。

○

学科非常杂多，似乎盼望儿童每种都完全习得才好。然而我以为这样一来，一定不能完全习得一切。现今的学校，学科的种类已经太多样了。

小学校，只要一册读本，什么都包含在里面，就足以习得一切了。倘要模仿现在的学校，父母自己教时，即使小学程度，也苦劳得很；但不要模仿学校，真正地教育，普通的母亲教两个子女，使在家庭毕业，我想是容易的事。

伏在桌子上教的，每天只要一小时或半小时已够；此外便可使与父母一同做事，或在庭园中一同浇花、种菜，或一同散步，或供小差使，在厨房间里洗碗、扫地，及其他家庭事务的帮忙。这样，我想决计没有害而有益，可助身心的发达。

父母，尤其是母亲，不要每天孜孜于家庭的琐事细故，而分一点力来教育子女，父母自己的心也很可以高尚起来。因为教育的神圣事业而教育的人，必先有高尚的精神。为了教育的一种大而善的事务，即使饭菜稍不讲究一点，扫除稍不周到一点，家庭也欢乐而发美的光辉了。

一般以为非有学问的伟人，决计做不到这事。我想决计不然。即使只修了小学的人，但做了父母以后，已经在不知不识之间备有常识，故只要定心去做，一定是做得到的。

住在田舍或山村的不便利的土地的人，与其到远方去入并不十分信托的学校，决不如在家庭施特殊教育，可得有效的结果。

这不仅是空想，我亲见过实际在这样做的人。

〇

学校里的教育的特殊的点，是聚集众多的学生，作一个儿童的社会。这究竟是好事还是恶事；是一个问题。看起来似乎有趣，互相作种种的游戏，互相谈话，相骂，作党派，横暴，唾骂，嫉妬。学校是小社会，或者可说宜于习得社会的生活；然而我以为还是得到恶的感化的方面多。

在学校里，在教室内，先生喋喋地为讲规则，斜坐了就加叱骂，表面看来像煞是教育。然而在先生眼背后做的恶事，放课后的儿童社会的真相，我是实在不忍看的！

我以为学校里所教的东西中，无用的很多。孩子们很懂得这点，对于这种教课往往取轻蔑的态度，或出于故意模仿的、揶揄的心。例如滑稽地改弄读本中或唱歌中的文句，是常见的事。

教育部里的大教育先生们郑重其事地作出的，至善至当的教育的文句，碰到孩子的新鲜的心的时候，有时竟立刻溃烂了。

〇

今日的学校，照现状做去，无论如何是不行的。现今的小学教育，我觉得也非想法不可。学校的教育渐渐进步、渐渐改良起来，教育者中认真关心于教育的人们似在创作新的理想了。

但在学校有种种的规则与习惯，要立刻实行，是困难的，故实际的进步实在是迟迟的。

学校的当局者、校长、视学等能拿勇气来试行新的计划，才是好状。但当局者常是保守的；怀有进步的思想的人，大都是没有左右学校的力的人。

○

在学校里有“政治”，这是不好的事。无论在小学校里，在大学校里，总有恶意的政治的思想蔓延着；与其说是教育的，宁说是政治的，这事很不好。尤其是像私立的学校，没有带官臭的必要的地方，却反而要带官臭起学校风潮争势力等事明白地或暗暗地充满在学校里。

真正的纯洁的教育的先生与认真勉学的学生，常受压迫于政治的势力所谓政治家的人物。我以为决不是教育的“政治”即争势力及支配欲等与教育是正反对的。

小学校时代的儿童没有懂得这政治的丑恶的生活，但中等以上的学生就常受其恶感化了。在小学的学生，也有在级长选举等时候，分给铅笔纸张于各人作当选运动。

从学生时代起就教以这世间无处不有“政治”，使成人之后觉察“政治”的成效，这是一种什么思想？倘然这样是好的，那么从儿童时候就宜教以贿赂及欺诈之术也可成为一说了。

○

我觉得学校多有献媚于国家及社会现状的。这大概是因为政治的人在左右学校的原故罢。

教育，我以为是超越世间的现在的状态，而深在理想的世界里的。正的事，善的生活，美的思想，一定反对现代的现状。

倘然认为现今的世界就此已足，那就永远是反复现状的生活了。恶的事也有，错的事也有，野蛮的风习的遗留也有。逞欲，争斗，以及从现今的“政治的”而来的无限的恶业，这世中都有，所以没有办法。恐怕有人以为须使深知这种人的反理想的生活，而使利用之以制胜生存竞争，露头角于社会，以得成效。

使晓得世间有恶事，也是教育的事务的一种；但如果以为这恶点及这错误过于一般的，而认为世之常态，就不行了。使深知现代，使明白历史，实在可说是使研究恶。使对于恶的感觉麻痹，使中恶的毒，是可怕的事。

○

学校的教育的方法，是集大众而演说。所以只能教大体的、一般的事。教育，必须对各个人而告以适合其性情的话。从科学的研究起来，也非用适应其人的性质的方法不可。但是这在学校难于做到。要在学校里行所谓个别的教育，事实上是不可能的。

对于自我过强而想压迫他人的人，与意志薄弱而阴沥的人，必须用不同的方法来教，必须用不同的说明来教。在学校里，这是不能的。

○

在学校里，不顾有理解力与记忆力的先进者的盼望前进，而必使等待迟进的人。迟进者一点不曾懂得，必勉强使受同样的课。先进者徒然空费时间来等待，迟进的孩子无所习得，也必在教室里坐过毫无兴味的时间，两方都是时间的浪费。

家庭里的教育，独学，徒弟的学习法，我觉得没有上述的种种缺陷，而着实地在受教育。

父母可以全无对于社会、国家的顾虑，把自己所真正感到的事讲给自己的子女听。个人教个人的时候，可以坦白说话，不因社会国家而枉曲真理。

不像学校地把杂多的科目全套教授，进步的就不停滞地进步，益益增加兴味，不受困于不适当的学科。学科虽似偏一点，但教育却完全了。

有人说：不接触“学校”的社会的政治的空气，不懂得因学生间的种种世间的交涉而生的不快的感情，没有关于种种的恶的知识，而在不接触一般社会的生活内养育起来，成人以后，出社会的时候，要受人欺瞒，遭逢不利。——这话也有些道理。然我以为倘是没有强欲与野心而不知恶为何物的人，一定不会生危惧的心，因为他能对于世间的恶无关系而生活，故反而安全。

○

教育不是奏社会的成功的。教育有更高贵的目的。使人能作以人的主观的幸福为主的生活，能享受无限的天的惠赐，能赏识自然现象的美，能做生命力的活动的真正的事业，才是真的教育。

就是贫穷到沿门托钵，也可有高贵的生活。受着迫害，仍是发表真理；陷于困苦，仍是为善，——能使人得到这样的心，便是教育的最大成功。

○

有许多人这样说："这种教育的理想，过于离去现实，过于高踏的，我们的教育子弟，只要给以现世的幸福的和平生活已足，不要给以远离社会而生于困难中的教育。"然而最高尚的教育，不必是招致困难的。人因了运命，因了教育，有的受困苦，有的得现世的幸福而度物质的丰富的生活。

即使授以世俗的低级的合于现世的教育，教以推翻他人而专图自己的胜利，在运命不好的人仍是要受苦，要贫穷的。这种人的不幸的生活，兼及于物质的与精神的，是全人的贫苦。

受流俗的教育的人，世俗地教养起来的人，即使有社会的成功的时候，对于其成功必不满足，仍是逞欲，求更多的金钱，更高的地位，其心仍是苦的。造出没有心的愉乐的生活来，完全反背教育的本旨了。

我的爱子！希望你有好的衣食地位，和美的心的愉乐而度你的一生！如果二者不能兼得的时候，希望你选择心的愉乐！

〇

教育者只要是人就行。就是别无何等才学或特殊的人格，也可以教育。深究学问的人，也许反是失却人间味的。有名的人，社会所珍宠的人，也有不懂教育的。

只要不胆怯，不过于自谦，有深大的爱的精神，信仰天地的心，为我的爱儿的幸福祈愿的心，就是比学者，教育家更大的教育家了。

〇

有这样的人：这人曾遣其女儿入小学校。小学校毕业之后，不照例升入女学校，在家里教她英语和披雅娜(Piano)。这人是某有名的女学校的重要职员，如果送女儿入那女校，一定很可照顾，但是他不遣人。

家事，在自己家里助理种种事务，很可修练。一般的常识可看报，由父母兄姊等讲述关于报上的种种话及问题的批评，就可实际地晓得社会的情况。只要注意教语学，因为语学是习言语的，习言语的时候可使诵读记述种种事件的书，例如名家的文学及诗，关于家庭的，关于科学的，关于历史地理的，都可由语学而习得。

父母亲自去旅行，或访问亲友的时候带了子女同走，可为讲关于路上种种见闻的话；看见种种的人，听到种种的话，可得人与人的直接的感化；看了他人的家庭的情状，可知种种的家风，并习得礼仪。

进女学校去旷废许多的时间，徒然地每天背了许多很重的书物，及裁缝手艺等器具，远道来往。两者比较起来，这人的教育法实在有效得多。

○

我的知人中，有许多对于教育深思的人。他们的子女都不入学校，只在自己家庭中教育。在别人看来，以为并不在教育，只在游戏，也许有人以为大概其子女是低能的。然而他们的子女决不低能，有很好的思想力，有很富的常识。

具有思想的、艺术的天分的人，倘使入普通的学校，一定全无利益，或将失去其特殊的天分。

也许有人以为常在家里，身体恐要虚弱起来。然父母亲可使子女习劳动。习木工最好。木工是身体与头平均的运动。注意力、观察力、工夫、创作、劳动、忍耐、正直、义务等力，都可以养成。又可由此悟得因果律，修养关于物质、形体的智慧。

时时雇木匠来，受他的指导。不似学校的木工的无目的，而雇请木匠来实际改造自己的家，或作棚，造家具，与木匠一同做工。

家庭之中，需要工匠的工作地方很多。例如家具，与其买市中的现成物，不如自己做，形式可以美观，坚牢，价也不贵。教育与实用，可以两方兼得。

由这样的教育出身的子女，一定是比由学校教育出身的更稳健而有深的思虑的人。

○

纯粹的真的教育，没有学校也可以行。与其在学校里，不如由家庭教育或自修，可以造成真正的美的人格。学校可说是表面的教育，只是外部的装饰。

在今日，真正的自己的思想、趣味、道德及人生观，都不是从学校得来，而是从新闻、杂志以及种种的书籍、出版物上得来的。

学校只是卖各种智识的商店。中学、大学的学生，似乎都不是为了要得自己的人格的教养而入学的。不过要出社会先入学校，较为便利，即专为得毕业证书，得“资格”而入学的。

〇

以前的学校，和关于学校的思想，非破坏不可。实际破坏学校虽然不可能，但倘不破坏学校思想，定是教育上的大害。

倘不破坏旧的，新的不会生出来；新的生了出来，旧的自然破坏了。然也有人说，在同时同所不能有两种事物的存在。在废物取去后的空地上建设新物，顺序似较适当。

革命，是政府所极度憎恶的。然而日日的进步发达，常在把旧的破坏下去。常在打破今日以前的固定的思想，迎入明日的新的生活。在从前的人看来，今日的进步状态，可看作是革命的连续。

各个人自己的心，无论怎样大革命都不妨的。我们的日常生活，无论怎样变化，无论何等特殊，只要不触犯法律，不直接伤坏国的组织，不危害官吏的椅子，是不会斫头或坐牢狱的。

今后我们各个人的思想与生活的变化与进转，必将造出大的结果来。凡百事端都是徐徐地发作的！

答询问口琴吹奏法诸君并 TY 君①

近两月来，我接到十余封询问《口琴吹奏法》消息的信。今又从开明书店转来 TY 君的信，提及关于《音乐入门》的三个疑问之外，也询及《口琴吹奏法》消息。现在我总答复在这里。

先复询问《口琴吹奏法》诸君：

《口琴吹奏法》是黄涵秋先生编述，上海望平街开明书店印行的。现在尚在刊印中，听说不久就可出版。口琴即在开明书店兼售。其口琴听说都是经过黄先生的鉴定的。发心学习口琴的诸君，于购书时带买口琴，最为便利。口琴每只价约二元余云。

次答 TY 君：承询关于《音乐入门》的三个疑问，

---

① 本篇原载 1928 年 10 月 10 日《开明》第 1 卷第 4 期。

谨答复于下。

（一）这疑问中含有两层意思，今分别答复：（A）来示说："高音部的五线谱与低音部的有什么关系？丰先生仅在讲它在批雅娜〔钢琴〕上的应用，而忽略了梵珴玲及其他的乐器。"这是因为批雅娜是最一般的，又最正大的乐器，普通学校中的音乐科，总用披雅娜（风琴同）。西洋历来的大音乐家，差不多十分之八九是披雅娜家，就是梵珴玲〔小提琴〕家等，其最初亦必是习披雅娜的。这只要一翻音乐家传，即可证明。还有更重要的原因：发心学音乐的人，最初先要理解音乐所用的各音（即音阶上各音）在谱表上怎样记录，而音乐上所用各音最分别清楚的莫如有键乐器（披雅娜与风琴），因为它们以一块小板管一个音，音乐需要七八十个高低不同的音，它们竟齐备七八十块小板，其分别再清楚没有了。回顾别的乐器，例如梵珴玲，只有四根光光的弦线，全靠手指去摸出音的位置来，又如喇叭类，也全靠嘴上分别各音。所以拿有键乐器来说明各音在谱表上的位置，最为便利。故谱表与梵珴玲等的关系，懂了谱表与披雅娜的关系之后，自能悟得。不然，在百五十八页上的图也可聊供参考。惟此书系音乐的最初步的知识，且篇幅有限，要说明各种乐器，收罗得十分详尽，势有所不可能，亦无必要。且初学音乐，总是习唱歌，弹风琴或披雅娜的，极少有最初就拉梵珴玲，或吹喇叭等者。故在《音乐入门》的名目之下，似乎不妨尽管讲批雅娜上的应用。况且这书，其实是我从前教中学音乐时的讲义（在序文中说明着），故当然以学生的音乐为标准。不过一般人的学音乐，仍逃不出学生的学习法，所以不妨作为音乐入门。（B）来示说："而且翻开 *Volga Boatman's Song*〔伏尔加船夫曲〕来看，高音部与低音部两五线谱是每小节都同时有音符的——这层丰先生未曾说及，害我猜了许久。"这在第三十七页末行起的一段中说明着。例如就披雅娜说，右手弹高音部谱表上的音乐，左手弹低音部谱表上的音乐，可知当然是"两五线谱每小节都同时有音符的"，决不会左右两手交互轮流而弹奏。不过我以为这是当然的事，故不曾特别提出来说，害先生猜了许久，实在是很抱歉的。我忘记说了这样一段话："弹披雅娜是两手同时弹奏，且左手所奏的音与右手所奏的音不同（普通小学生弹风琴，两手所弹相同，是浅薄的弹法，不是正式的器乐），所以要用两只五线谱重叠起来，上面的高音部谱表上记录右手所弹的音，下面的低音部谱表上记录左手所弹的音。"先生说"四版时可添附一章，作为遗补"，但这补遗似乎分量太少，且不甚必要（因为不但 *Volga Boatman*，一切披雅娜曲都如此），不便特为添设一章。将来四版时在相当之处添入几句，或者可以。对于先生希望这书完全的好意，我很感谢！又承询及两谱表每小节同时有音符，是否同中乐中的"花子"一样？"花子"是什么？我不详悉，以致未能解答，甚歉！

（二）来示说："逢长音阶变调时，各音符的相差的音的距离说，是必须变动的；但不知披娜雅[1]之外，其他乐器的奏演上有什么关系？"这疑问意思不十分明了。只得笼统答复：一国或一地的音阶是一定的，其一切乐

---

① 应为"披雅娜"。

器的音阶皆相同。即一切乐器以同一的音阶为标准而构造，故可以合奏而为“管弦乐”（orchestra）。上文“距离”两字恐是“地位”两字之误，不知然否？

（三）来示说：“梵珴玲所奏的指法如何能从五线谱上推测出来呢?”请看一百五十八页最上面的一图：例如第四弦放弦为 G（sol）音，即可知食指搭上去是 A（la）音，中指搭上去是 B（si）音……只要认定四个放弦的音在五线谱上的地位，即可知五线谱上无论哪一音符都有一定的手指了。我记得似乎不曾说过“梵珴玲指法可从五线谱上推测”的话（然而并未查过书），然这话道理亦说得过去。

把开明当作电话机，长谈你我二人的事情，实在对不起其他的读者！我本想写信寄回给先生，奈来示不曾注明通信处，只得在此地答复了。我的通信处是“上海江湾立达学园”。以后如有赐教，请直接写信给我。

音乐在近世欧洲的地位的变迁①

德意志学者安布洛兹（August Wilhelm Ambro）曾经有这样的话："著名的人物的一生中往往有传说的逸话，这等逸话不但能表出其人物的精神的倾向，又能极简劲地表出其人物生存的时代的精神的倾向。"我对于这句话很有同感。传记原不过是伟人的一生的定论，生活的 outline〔概述〕而已；逸话才是真的人生的断片。在趣味丰富的逸话中，往往可以使人委曲地窥见伟人的生活的内幕，又可因此而推知他的环境，社会，与时代的背景。读传记，犹如在应接厅的严重的礼仪之下拜访伟人；读逸话，犹如走进他的私室中，窥见他的日常生活。假定我有所崇拜的伟人而欲窥伺他，我不愿坐在应

① 本篇原载1929年6月10日《开明》第1卷第12期。后收入《近世十大音乐家》（上海：开明书店，1930年5月初版）为"序言"，略有改动。

接厅中的宾席上恭听他的有系统的谈论，而宁愿从他的仆役或车夫的口中探听关于他们的主人的生活中的琐闻。

在近世大音乐家的生活故事中很可以窥见音乐在近世欧洲的地位的变迁。罕顿〔海顿〕（Haydn，1732—1809）学得了一手好技术，只能立在十字街头买[①]唱。后来幸而被厄斯感哈稷公雇用为副乐长，然其委任状上条件之严酷犹如一张卖身契。可见那时候音乐完全是贵族的娱乐品，音乐家完全是王侯的家仆。莫札尔德〔莫扎特〕（Mozart，1756—1791）的时代音乐的地位已经略微高些，卖唱一变而为“演奏旅行”的美名。然而他在萨尔斯堡的大僧正的手下供职，竟被同仆人一样看待，与男女仆役同桌而食。他终于辞职，甘心于冻馁。甚至寒冬无炭，宁愿拉了他夫人在室中跳舞取暖，不愿再向公门乞怜。裴德芬〔贝多芬〕（Beethoven，1770—1827）的时候情形就不同，他皮气[②]发作的时候，当面唾骂伯

① 应为“卖”。
② 即“脾气”。

爵为“驴马”；拿破仑失节而即皇帝位，裴德芬撕破了为他而作的英雄交响乐，从此不屑谈起他。音乐者的地位已可凌驾贵族了。以下的浪漫派群音乐家，如修裴尔德〔舒伯特〕（Schubert，1797—1828），裴辽士〔柏辽兹〕（Berlioz，1803—1869），晓邦〔肖邦〕（Chopin，1810—1849），李斯德〔李斯特〕（Leszt①，1811—1886），修芒〔舒曼〕（Schumann，1810—1856）等，就正式占据了艺术家的地位，在其生活中可以窥知个个是清高，名贵，或浪漫，潇洒的艺术家。修裴尔德的安贫乐天，裴辽士的喑恶叱咤，晓邦的孤高自赏，修芒的热烈情怀，李斯德的豁达大度，都在其生涯的断片中表示着。公侯贵族的势力，在他们已经视同尘土了。看到巴威〔巴伐利亚〕国王把四万银币装了专车，命兵士护送到华葛纳尔〔瓦格纳〕（Wagner，1813—1883）的别庄中，回顾罕顿的卖唱与卖身，莫札尔德的与仆役同桌而食，真是不可同年而语了。到了现代，却伊可甫斯基

① 现通常为“Liszt”。

〔柴可夫斯基〕（Tschaikovsky，1840—1893）从泥司的口中学得《D 调四重奏》（*Quartet in D*）的主题；又在山中买了酒食款待农民，请他们唱民谣，从民谣的旋律中取材，而作《洋琴之重奏变奏曲》（*Piano Trio Variation*）。由此可知音乐又从艺术家的清高的地位降于山野的民众间，现代国民乐派的兴行于此可见一斑了。音乐从贵族的娱乐物变成艺术家的陶情品，再由艺术家的陶情品变成民众生活的映象，在音乐家的生活故事中均可历历窥知其递变的痕迹。

我记述了近世十大音乐家的生涯故事之后，起了这样的一种感想，就写出在这里。

一九二九年清明过后于石湾。

兔子和龟的竞走——近世音乐之话[①]

我的讲话今天是圆满了。回溯以前，一共讲了十件音乐家的逸事：奥芬罢哈〔奥芬巴赫〕的回报仆人，勃拉姆斯的弹破洋琴〔钢琴〕，孟特尔仲〔门德尔松〕的默写乐谱，德罗罢独尔乐人〔吟唱诗人〕的救王，维多利亚女皇的害怕，晓邦〔肖邦〕的回钞晚餐，萨拉萨推〔萨拉萨蒂〕的得名乐器，修裴尔德〔舒伯特〕的十分钟作曲，亨特尔〔亨德尔〕的雷声伴奏，华葛内尔〔瓦格纳〕的理发。又一共说明了十种的音乐知识：节奏的话，音阶的话，乐谱的话，声乐器乐的话，唱歌的话，洋琴的话，提琴的话，乐曲的话，管弦乐的话，歌剧

① 本篇原载1931年12月20日《教育杂志》第23卷第12号“儿童艺术讲话”。与《近世西洋十大音乐家故事》（杭州：东海文艺出版社，1957年11月作者修订版）中“近世西洋乐坛之盛况”有相似处。

的话。

音乐大家的逸事，我所记得的不过这几件；同时音乐的知识，初学者所应该知道的也不过这几种。今天最后的一回讲话，拟概括地说说近世西洋音乐发达的状况，以为更进一步的研究的准备。照例先讲一件故事罢。

龟兔竞走，这故事是大家所知道的，讲起来很不新鲜；姑且讲讲罢：兔子和一群乌龟，从同时同地出发竞走，不久兔子在路上被猎人捉了去，关闭在笼子里了。关了二十分钟之后，猎人的儿子把它从笼中拖出，放了它生。兔子跑出路上，看见群龟已走得很远，立刻加速度向前追赶。过了两分钟之后，它竟追上了这一群乌龟，而且跑在它们的前面。

读者一定要叫："讲错了，不是这样讲的！"但我所讲的龟兔竞走与普通所讲的意思有些不同。普通所讲的，是拿兔子来比方聪明而懒惰的人，拿乌龟来比方愚钝而勤谨的人，拿竞走来比人们的求学或作工。我所讲的，是拿兔子来比方西洋的音乐艺术，拿群龟来比方绘画、雕刻、建筑、文学等别的艺术，拿竞走来比方艺术的发达进步。我的意思是说：

“音乐和绘画、雕刻、建筑、文学等于二千余年前同在希腊发达进步，不久音乐被宗教占据去，关闭在寺院中了。关了二千年光景之后，德国的大音乐家罢哈〔巴赫〕（Sebastian Bach，1685—1750）把音乐从寺院中救出，使它重新独立。这时别的艺术已比音乐发达，音乐立刻加速度展进。过了二百年之后，它竟追上了别的艺术，而且比它们更为进步。”

西洋音乐的发达的情形很奇怪。在二千年前的希腊时代，音乐曾经非常发达。后来为宗教所利用，变成宗教音乐，而艺术的音乐便停止进步。直到二百年前，才得解放，成了独立的艺术而发达。这二百年间的发达非常急速，到现今，已比二千年间不绝地徐徐地进步着的别艺术更加发达了。希腊时代的音乐如何发达？因为时候过去太远，乐器已多不可考，乐谱已完全失掉，只是历史上空空地记载着当时音乐发达的消息，但我们无法研究。中世的宗教音乐，在第四讲中曾经说起过，大都是寺院里所唱的经文歌、祈祷歌、赞美歌，不是世俗人类自由发表感情的音乐，我们无须研究。我们所要研究的，只是最近二百年来的音乐。在这二百年中，音乐的进步真是飞一般的！乐派的变化，乐曲形式的展进，乐器的发达，演奏法的进步，都是这二百年中的成绩。现在的欧洲音乐，似乎已达到了发达的极点，无可再进步了。故欲研究西洋音乐的发达概况，不必推溯古代及中世，知道了近世二百年间的情形已经够了。

今天我们就来说说近世音乐发达的状况。近世音乐的发达，有四件大事顺次起来，演成今日那样进步的音乐。这四件大事就是（1）音乐的独立，（2）器乐的发达，（3）单音乐〔主调音乐〕的成立，（4）标题音乐的勃兴。现在顺次说明如下。

（1）音乐的独立

音乐这种艺术，因为性质奇怪，常常受别的东西的利用或拘束，而不容易独立。音乐自从发生以来，曾经受过四次的拘束。

第一次，音乐初生的时候，人们把它和舞蹈结合，跟了舞蹈而发。所谓独立，就是音乐自己独立进步。人类初有音乐的时候，其音乐不是纯粹的乐曲，都是伴着动作而唱的或奏的乐曲。当时的音乐，全靠舞蹈的提携扶持而进步。这是第一次的拘束。

第二次，人智渐渐进步以后，音乐既离了舞蹈而变成歌。歌是在音乐上附加文字，这便是音乐受文字的拘束。希腊古时的农业时代，春秋祝祭有祝歌，战争有凯旋歌，结婚有贺歌，还有合了当时的乐器理拉（lira）而唱的文学作品的歌。当时的所谓音乐，就是这各种的歌。这是音乐做了文学的附饰物而进步，不是音乐的独自的进步。现代音乐中也有伴着诗歌的歌曲；但歌曲不过是现代音乐中的一小部分，现代音乐的大部分是没有歌词的器乐曲。当时则没有纯粹的乐曲，只有附在文词上的音乐。这是音乐第二次受它物的拘束。

第三次，演剧发生以后，音乐又做了演剧的附属物。希腊古代的悲剧，便是音乐与演剧的最古的结合。希腊古代悲剧，是历史上有名的艺术。例如悲剧作者索福克雷斯（Sophocles），伏理比特斯〔欧里庇得斯〕

(Euripides) 等，自己能作剧本，又能作音乐。他们的作品不传，但从历史的记载，我们可确信其作品是非常优秀的。但这优秀的音乐，仍旧不是独立的艺术，而是剧的附饰。这是音乐第三次受它物的拘束。

音乐虽然三次做了别人的奴隶，但也渐渐地在那里进步，不过不能为独立的艺术。到了希腊盛期，方才有独立的音乐。但当时的音乐早已不传，我们不可知道其实际。希腊衰亡后，耶稣诞生，宗教势力渐渐扩张于欧洲。音乐随了希腊的衰亡而又失却独立的资格，做了宗教的奴隶。

这第四次的拘束，比以前三次尤为苛酷。罗马的君士坦丁大帝把基督教认定为罗马的国教，制定宗教仪式及其所用的音乐，宗教音乐由此勃兴。他们用复杂而规律的作曲法——名曰“复音乐〔复调音乐〕”。他们的歌除了神的赞美与教会仪式的装饰以外，全无人的情味与兴趣。在千年的长时期中，不许音乐与人类的生活感情发生交涉，而一直把它幽闭在教会中。在俄罗斯，对于音乐的压迫尤为严酷；他们只许教会中演唱音乐，不许人民在家庭中私弄音乐。他们说在家庭中私弄音乐是罪过的，其人死后必入地狱！这第四次的拘束，一直到了中世纪的末期而稍稍解放。二百年前德国大音乐家罢哈出世，方始把音乐从寺院中救出，使成为独立的艺术。世人称罢哈为“音乐之父”，因为音乐的生命是罢哈所给予的。

罢哈如何救出音乐？其最重要的事业是发挥器乐。宗教音乐时代，重用人声的唱歌，而少有器乐的独立的演奏。罢哈研究乐器，改良乐器演奏法，使音乐脱离了人声而移于乐器上。这是音乐独立开始。罢哈用器乐自由表现感情，其作曲名为“纯音乐”。纯音乐就是纯粹用音（不借用别的文字等）发表感情的音乐，就是独立的音乐。

音乐因罢哈而获得生命之后，又得了保护人，其人就是亨特尔（Georg Friedrich Handel，1685—1759）。亨特尔也是德国人，他承继罢哈而研究艺术的音乐。罢哈是“音乐之父”，亨特尔可说是“音乐的乳母”。近世的艺术的音乐，因了罢哈而诞生，因了亨特尔而长成。

（2）器乐的发达

前已说过，中世的宗教音乐实用人声唱歌，极少有乐器的演奏。只有俗乐上有吹笛鼓琴的人。但当时的俗乐，被人看轻。弄俗乐的人被视为乞丐一类的下流人物。第四讲中所说的“市中吹笛者”，便是其例。那时候的唯一的高尚的音乐，是唱歌——寺院里的僧人的合唱。僧人平日最重要的日课，是练习音程。举行宗教仪式的时候，数百僧人分为数部，合唱复杂的大声乐曲。故声乐在宗教时代非常发达。自从十六世纪文艺复兴之后，宗教改革，声乐渐渐衰颓，器乐就代了它兴起。故声乐与器乐的代谢，是中世音乐与近世音乐的一大区别点。

近世研究器乐及器乐曲有功的人，是罢哈与罕顿〔海顿〕（Franz Joseph Haydn，1732—1809，墺国〔奥地利〕人）。罢哈在器乐上的重要功业，是键盘乐器的研究与改进。罢哈本是教会里的风琴演奏家，又是克拉微哀（clavier 即未完成的洋琴）的演奏家。这两种都是键盘乐器。罢哈能充分发挥键盘乐器的演奏法。现在所通行的洋琴指法，都是罢哈所发明的。例如在罢哈以前，弹风琴洋琴时每手只用四根手指，大拇指闲却不用。这是很不便利的。罢哈开始应用大拇指，此后弹琴就更加便利，而技法进步了。罕顿承继罢哈的事业，研究器乐曲的形式，发明一种大器乐曲的格式，名叫“朔拿大”〔奏鸣曲〕（sonata）。又研究各种乐器演奏的组织法，例如交响乐、弦乐四重奏等合奏法，都是罕顿所创行的。交响乐，即 symphony，这名称在罕顿以前原也有人用过；但其乐曲的形式与现在的交响不同。现在的交响乐，是由罕顿创始的。故世人称他为“交响乐之父”。

器乐经过了罢哈与罕顿的发展，而基础确立了。罕顿以后，研究器乐的大音乐家相继而起。例如莫扎尔德〔莫扎特〕（Mozart），裴德芬〔贝多芬〕（Beethoven），修裴尔德〔舒伯特〕（Schubert），李斯德〔李斯特〕（Liszt），裴辽士〔柏辽兹〕（Berlioz）等，皆努力于器乐的研究。直到现代，器乐已极度地发达，有了可惊的表现了。现代交响乐大家许得洛斯〔施特劳斯〕（Strauss），特褒西〔德彪西〕（Debussy），史克里亚平

〔斯克里亚宾〕（Scriabin）等的器乐曲，人们称之为“交响乐的水晶宫”。

（3）单音乐的成立

何谓单音乐与复音乐？这是作曲法上的名称，与普通所称为“单音”，“复音”的意义全然不同。普通称单一声音的旋律的为“单音”，称同时有许多复合的和声为“复音”。这是不懂音乐的人的说法。作曲上所谓“单音乐”与“复音乐”，其单复二字是指乐曲的主要旋律。凡多数音同时发出，而其中只有一旋律为主体的，为单音乐的作曲；反之，多数旋律平等而都是主要的，为复音乐作曲。例如宗教音乐时代，寺院中集合数百僧人，分为三部，四部，而合唱一大声乐曲。这时候各部僧人所唱的，各是一个主要旋律，或者可说各是一曲独立的歌，不过各歌保有相互的关系，可以同时齐唱，而发生复杂和谐的结果。这就是复音乐。又如现在的弹洋琴，十个指头在键盘，往往同时并按三四个或五六个音，使发出复杂和谐的和声。然而其各音间的关系与昔日的僧人合唱的各部的关系不同，各指同时按下的许多音，不是平等的主要旋律，其中只有一音为主体，可以独立（大都在最高一部），其余的音都是这主体的附饰，没有独立的能力，这就是配在主要旋律上的“和声”。学校中所唱的二部合唱，三部合唱，四部合唱等，也是把学生分作二部、三部、四部，令各部唱一旋律，合成复杂的谐调的。但这办法与昔日的僧人的合唱性质不同，各部学生所唱的不是平等的主要旋律，其中只有一个旋律是主体，可以独立（大都是最高音的一部），其他的第二部、第三部、第四部，都不过是这主体的附饰，自己不能独立。表面看来虽有数部而复杂，其实主要旋律只有一个。“单音乐”的“单”字的意义即在于此。

十七世纪以前，音乐家都用复音乐法作曲，其作曲法名为“对声法”，即声与声相对等之意。故十七世纪以前，在音乐的性质上称为“宗教音乐时代”，在音乐的表演上称为“声乐时代”，在作曲上又可称为“复音乐时代”。十七世纪以后，到了罕顿的时代，改用单音乐方法作曲，其作曲法即称为“和声法”。和声法就是一个主要旋律上加配和声的方法。故十七世纪以后，在音乐的性质上称为“纯音乐时代”，在音乐的表演上称为“器乐时代”，在作曲上又可称为“单音乐时代”。

由复音乐变成单音乐的原因，在于器乐的发达。因为在中世纪，洋琴等和声乐器还没有发明，音乐专用人声。但许多人齐唱同一旋律，又觉得太单调；故用复音乐的作曲法，合数部的人声，使唱各不相同的旋律，合成复杂的音节。后来洋琴发明了，单用一旋律，也可以自由加配和声而作出复杂的音节。于是繁琐的复音乐渐渐废弃，单音乐就盛行，直到今日的进步发达的光景。

单音乐的作曲的方法，以“对比”，“变形”，“展开”为原理。最简单的是互相对比的二部，名曰“二部形式”，渐渐复杂，成为“三部形式”，“旋转调形式”，及“朔拿大形式”等。在“十分钟作成的名曲”一讲中已经约略说过了。

（4）标题音乐的勃兴

十八九世纪以来，欧洲音乐界上盛行“标题音乐”。这变成近世作曲的普遍的倾向。近世最大的作曲家，差不多全是标题音乐的作者，什么叫做标题音乐？现在先来说明一下：

如前所述，音乐在古代，为别的艺术所利用，在中世又为宗教所拘束。罢哈给它解放，使它独立而成为“纯音乐”。纯音乐，就是用纯粹的音来表现人类心中的感情，作成美丽的乐曲。但到了现代，音乐又与别的东西发生关系，又在纯粹的音乐中羼入别的分子了。但这回不是音乐被别的东西所利用，而是音乐利用别的东西。音乐彷佛是做了长期的奴隶，被解放而获得自由之后，暂时闭居在象牙塔中休养（即纯音乐时代），现在又自动地走下象牙塔来，与世间结合更亲密的关系了。这便是标题音乐的发生。标题音乐，就是在音乐中描写自然人生的事象，就是像吟诗一般地作曲，就是用音来作诗，作画，在音乐中加入文学及绘画的分子。但并非在乐曲上加歌词，是用高低缓急长短不同的音来描写自然界人间界的事象。故最高的标题音乐，称为“音诗”，又称为“音画”。最近又有“交响诗”。这种音乐，对于从前的“纯音乐”称为“内容音乐”。因为它是有具体的内容的。

罢哈，亨特尔，罕顿称为古典派作曲家；裴德芬是古典派与浪漫派过渡期的作家，裴德芬以后的诸大家称为浪漫派作家。浪漫派的作曲家大都是标题音乐的作者。就中有六大家，为近代音乐界的最重要的人物。其人即修裴尔德、孟特尔仲、修芒、晓邦、裴辽士、李斯德。以时代的顺序为标准，可分为三期；以乐风为标准，可分为德式与法式二式样，如下表所示。浪漫派之后，为现代乐派，但仍是标题音乐的时代。现代乐派中的最大家，德国有许得洛斯，法国有杜褒西〔德彪西〕，俄国有却伊可甫斯奇〔柴可夫斯基〕。现在把近世九个最有名的标题乐家列表于下：

标题乐家

- 古典浪漫
- 过渡作家　裴德芬（Beethoven）
- 浪漫派
- 初期作家　修裴尔德（Schubert）
- 浪漫派（德国式浪漫派）
  - 孟特尔仲（Mendelssohn）
  - 修芒（Schumann）
  - 晓邦（Chopin）
- 成熟期作家
- 浪漫现代（法国式浪漫派）
  - 裴辽士（Berlioz）
  - 李斯德（Liszt）
- 过渡作家
- 德国现代
- 乐派作家　许得洛斯（Strauss）
- 法国现代
- 乐派作家　杜褒西（Debussy）
- 俄国现代
- 乐派作家　却伊可甫斯奇（Tschaikovsky）

现在我们来说说这几位近世最有名的音乐家的事业与作风。裴德芬是古典派与浪漫派的过渡期的作家，又是标题音乐的先驱者，现在从他说起。

裴德芬以前的音乐，大都是“纯音乐”，或称为“绝对音乐”。当时盛行“室乐”，室乐原来是王侯贵族的宫室中演奏的音乐，以音乐的美为本体，绝不在曲中描写人生自然的事象。裴德芬出世，就把室乐从王侯贵族的宫室中救出，使成为民众的音乐演奏，同时又提倡用音乐描写事象的作曲。故裴德芬以后的音乐史，可说是从绝对音乐到标题音乐的发达史。裴德芬自己的作品，九大交响乐中有三曲是有标题的，即第三名为《英雄交响乐》，第五名为《运命交响乐》，第六名为《田园交响乐》。这三曲交响乐，不但表出对于英雄、田园、运命的抽象的观念，又具体地描出着英雄的力与悲哀，运命与人的葛藤，牧童的快乐等。故裴德芬是近世标题音乐的祖先。

浪漫乐派的首领是修裴尔德。他是善作歌曲的人，世人称他为“歌曲之王”。“十分钟作成的名曲”一讲，所讲的便是他的故事。他所作的歌曲，不但是把音乐和诗歌合并在一块，又能用纯粹的音来写出诗歌的精神。其音乐脱离了诗歌的文字，也能成为独立的乐曲。这作曲法便是标题音乐的作曲法。故修裴尔德是近世标题乐派中有大功的人。

孟特尔仲是浪漫乐派成熟期的作家。浪漫派音乐的特色，是不拘乐曲的形式，而注重乐曲的内容的精神。孟特尔仲的作曲，最富于浪漫精神，描写的技术非常高妙。他的名作《苏格兰交响乐》《意大利交响乐》，不但充分地表现着国民性，内中又有种种巧妙的描写法。在这点上，他是现代标题乐的有力的提唱者。他所作的序曲《希伯利第斯》（*Hebrides*）中，有描写流水的音乐，非常有名。（实例见亚东图书馆版《音乐的常识》第二百二十三页。）他对于情绪的描写，比自然描写更加擅长。他所最喜作的乐曲，是“无言歌”（Song Without Word）。孟特尔仲的无言歌为近世音乐上的名物，都是美的情绪的描写的音乐。

修芒比孟特尔仲更富于浪漫的色彩。他的性情非常热狂，他的作风也富于热狂的浪漫的精神。他的作品，以洋琴小曲为最著名。例如世人最爱弹奏的《梦之曲》（*Traumerei*），非常富于诗趣，可说是他的作品的代表作。在一切浪漫乐家中，修芒最为诗趣的感情的音乐家。

法兰西浪漫派作家中，以“交响诗人”裴辽士为最著名。他的一生非常潦倒，生活最为浪漫。故其作品也富有浪漫的色彩。他的作品中最伟大的是交响乐。他的交响乐，形式与从来的不同，完全用独创的作曲法，又都用标题，标明曲中所描写的事象。他自己称他的交响乐为“交响乐诗”，世人就称他为“交响诗人”。他的名作《在意大利的哈洛尔特》（*Harold en Italie*），及《幻想交响乐》（*Symphonie Fantastique*），描写人的性格及生活最为生动。这种音乐，不用文字而能像作诗地写出人生自然的姿态，便是前面所说的“用音代替文字而吟诗”。故他的作品又称为“音诗”，他是标题乐派的重要作家。

“洋琴诗人”晓邦也是擅长于小品的音乐家。他是有名的洋琴抒情家。故人们称颂他为“洋琴诗人”，又说他是“洋琴的灵魂”。他平生最喜幽居，又多忧善病。其作品也多纤丽的、优美的、幽情的描写。洋琴小品是他的得意之作，就中“衣曲”① （nocturne）尤为著名。

---

① 应为“夜曲”。

他的旋律都有吸引人心的魔力，而又温厚、正大、充满着诗趣。在标题乐派的群音乐家中，晓邦是最幽雅的抒情家。

李斯德与前述的裴辽士，是近世浪漫乐派的两位“交响诗人”。李斯德的杰作，首推十二曲“交响诗”。这些都是音乐的剧的描写的作品。李斯德又擅长洋琴，有“洋琴大王”之称。李斯德与裴辽士，是标题乐派的健将，浪漫乐派的坚石，又是现代乐派的先驱者。浪漫派发展到裴辽士与李斯德，已经达于极点。此后就一变其方向，而为现代乐派。现代乐派就是标题音乐与国民性的结合。

现代乐派兴行的地方，是德意志、法兰西及俄罗斯三国。德国的代表者为许德洛斯。许德洛斯继续裴辽士及李斯德的标题乐风，而在作品中加入更健全的内容。他的名作音诗《死与净化》（*Tod und Verklaerung*）中，描写“死”的姿态，人对于生的爱着，与对于死的恐怖，最后又写出人因死而达到的妙境。标题乐的色彩最为浓厚，描写的技术最为深刻。

法兰西现代乐派的代表者是杜褒西。他是近世最大的音乐家，即所谓“印象派”音乐的提倡者。他最爱法国象征派诗人波特莱尔〔波德莱尔〕（Boudlaire）等的诗，他就用音来试行象征的描写，其所作的即为印象派音乐。印象派音乐的特色，是旋律的美，和声的富于变化，和色彩的鲜艳。印象派是主观描写的音乐。全然屏除客观的分子，而用音直接描写人生自然的情趣。这是标题音乐的最高点。但杜褒西又是有名的音乐的风景画家。他在音乐中描出云在天空中推移的情状，祝祭之夜的热闹欢喜的印象，使听者犹如看了一幅绘画。他又在交响小品中描写海的风景，为近代有名的“音画”。

俄罗斯现代乐派中最大的天才，是却伊可甫斯奇。他的作风又称为“折衷派”；他的作品中最有名的，是杰作《序曲千八百十二年》（*Overture* 1812）。曲中描写千八百十二年拿破仑进攻莫斯科的情景。曲的开始，描出俄罗斯国民对于拿破仑的来袭的恐怖，奏出俄国国教的赞美歌；其次为法军的驱到；可怕的战争状况；法军的败北；最后为莫斯科寺院的钟声与胜利的行进曲。全曲中描写一场大战的光景，非常生动。批评家说这曲是标题音乐的登峰造极了。

西洋音乐在最近二百年间的发达状态，即如上述。看了这般的进步的光景，似觉西洋音乐的发达已经达于极点，此后无可再进了。这原是不会的，未来的音乐自能开辟更新的路径。但在目前，一切艺术之中，的确要算音乐进步最快，现代没有比音乐更进步的艺术了。现代最新的绘画、文学，都有“音乐化”的倾向。可知音乐是现代最高深的艺术。前面用龟兔竞走来比方音乐和别的艺术的进步，不是很确切的譬喻么？

我的音乐讲话就此告终了。诸君，再会！

二十年十一月三日稿

关于“调子”①

前天在某商店买玩具，听到邻柜上一个买口琴的青年和两个店员的问答，颇有所感。曾经故意在那玩具柜上流连一下，想听完这幕趣剧。

青年问：“这种口琴多少钱一只？”

店员甲回答：“每只×元×角。”

青年问：“这两只是一样的么？”

店员甲检视乐器，答道：“不一样，这是C调的，那是F调的。”

青年问：“C调与F调有什么不同？”

店员甲回答：“吹起来声音不同。”

青年先拿口琴衔在嘴里，吹缩一下。再同样地实验

① 本篇原载1932年11月20日《社员俱乐部》第2号。

另一只。他似乎不信托自己的耳朵，再用眼睛来仔细视察它们的孔。似乎在孔中也看不出什么不同来，便说：“一样的！没有什么不同呢！”

店员暂不回话，从青年手里夺下口琴来，用手把青年所残留着的唾液一抹，自己衔在口里急速地滑奏一遍，肯定地说道：“不同不同，你拿去吹起来自然不同的！”但他知道自己没有拿出明白的证据来。因为那口琴顽强得很，在他口中所发出的仍是在青年口中时所发的几个音，不肯曲承其意而明白地表出C调与F调的不同来。所以他的肯定中似乎含有几分暧昧，他立刻撇开这问题，继续是追问那青年究竟要不要买。

但那青年同口琴一样顽强，一定要问出C调口琴与F调口琴的差异来。店员甲努力撇开这问题而转到“你究竟要不要买”的问题上去。这时候我在感情上颇想出来代他答复青年。因为在他们的两次的实验的时候，旁观的（应说旁听的）我早已觉察C调与F调的确然的不同。但人类生活的隔阂和世智都教我作壁上观。结果店员甲用了上海商界所通用的“你打棒”一类的话，和青年几乎要闹翻了。

店员乙就出来调停。他告诉青年说：“这种口琴货式都是一样的。你只要想，同样的价钱，货式当然同样。C调与F调，由各人自己欢喜，现在我们给你自己吹，挑选，总算好了。”

我的玩具交易早已完结，不好再在那店里逗留。我不等这幕趣剧的了结就中途告退了。但在途中回想这光景，颇有感想。这青年大概是完全没有学过音乐的，连C调与F调的差别都不知道。不知怎样的奇缘使他想学口琴？（看他的样子不是替人代买，似是自己要学的。）这两个店员这样缺乏音乐的常识，实在太不应该！假如他们曾在小学读书，应该知道C调和F调的不同；不然，他们的店里既然卖了音乐器，这一点起码的音乐的常识也是应该具有的。但这也不好偏咎他们。也许他们的小学里的先生不曾教他们。或者他们的老板没有给他们收得这种知识的机会。我记得从前在日本，到乐器店里买东西时常和店员们谈论昨夜的音乐会的演奏。现在北四川路一木洋行里的商人，一方面在柜上营业，一方面在教人学习怀娥铃，店里挂着“怀娥铃教授”的招牌。这样想来，我们中国的一般人的音乐程度和日本人比较起来，真是差得远了。穿着西装的堂堂的中国青年，和中外观瞻的上海地方的发卖乐器的大商店里的店员，都不知道C调与F调为何物。我国人民的教育程度的低劣于此可见一斑。这班人空口高呼“抗日”和“抵制日货”，难道就会制胜了日本？我真怀疑！

今日的见闻，使我更加确信现在中国一切文艺中，音乐要算最低劣了。绘画和音乐，在现在的中国都是冷门，少有人过问的。但绘画似比音乐发达一些。就教育上看，专门教授绘画的机关比专门教授音乐的机关多。就一般社会上看，美术也比音乐通行些，在四五年前我早已感到。那时上海开全国美术展览会，我在那会刊上的文字中曾经说过这样的话：

约四十年前，欧洲艺术教育运动的先驱者利希德华尔克（Alfred Lichtwark）有一天看见柏林街头的卖花人不像向来地把花朵编成死版版的花束，而就把摘下来的野花照其自然状态放置在花篮中，携向街头叫卖，这位关心民众美育的先生心中十分感动，认为这是在德意志民众趣味史上划一时期的大事件，曾经用谐谑的语调向艺术教育界宣说：这是关系重大的一事！百年之后，法国学生将在历史教科书中读到“千八百九十年为新趣味开始之年，柏林市上从此废止花束，而开始买卖自然状态的野花”的课文。

前天我在上海的文具店里听见“木炭画纸”这个名词在学徒的唇上说得十分纯熟流畅，恍然悟到上海美术研究者的增多，与十年前情形悬殊了。十年之前，商店里还没有这种商品，商人还没有知道这个名词。我曾经用“代金引换”的邮寄办法向日本的文房堂购来木炭画纸和木炭。以后我就疏远画具，十年来不曾向中国社会要求过这种用品。这一天在那文具商店中看了这情形，我的感动几同利希德华尔克在柏林街上看见野花时一样深切，十年来上海的美术研究者的确增多了，现今中国的美术界的确比十年前大进步了。

我国的美术在四五年前早已给我看见普及的痕迹，但我国的音乐到今日还使我看到这样的趣剧，真是相形见拙了。我希望不久的将来，我国的音乐也给我与利希德华尔克看见野花时同样的感动。

我在上面说过“我在他们的两次的实验中早已觉察C调口琴与F调口琴的不同”。本刊的读者也许要问我怎样听出它们的不同来。省得你们在自习册上提出问题寄来讨覆，就在这里附说一下罢。现在不是在那商店的柜上，没有人类生活的隔阂和世智阻拦我的口，我就把当时想代替店员甲告诉那青年的话在这里补说了罢。

音阶不是在两个地方有半音的么？你只要听辨半音的所在，就可以捉到音阶的主音（do）。两只口琴上的主音的高低不同（相差一个完全四度），低的一只是C调的，高的一只当然是F调的了。

读者听了这几句话也许明白了。假定那个青年还不懂，向我讨添，我就再说得详细点罢：音阶上有七个字，do re mi fa sol la si。凡乐器上的高低不同的许多音，都是许多音阶的连续，口琴也是三四个音阶连续着的。在这许多音的连续中，从一音阶的第七音si到次音阶的第一音do之间，和各音阶中央的mi fa之间，其距离比其余的每两音间的距离狭一半，名曰半音。故口琴上每相邻两孔所发的音的高低距离不外两种，较广的，名曰全音；较狭的，名曰半音。把口琴上的音从低向高顺次奏下去，只听见经过一个半音之后，隔开两个全音又来一个半音。再隔开三个全音，又来一个半音。以后半音常是这样交互出现。你只要记到，三个全音之后出现的半音，是 si do，音阶的主音（do）就被你捉到。捉到主音，就容易比较其高低而分别其调子了。——但这是照音乐理论而说的辨别法。在实际上，因为音阶上全音半音的间隔保住一定的规则，故稍经音乐训练的人，都能在一群音中直接由感觉认识音阶上的七个音。换言之，即能直接由感觉找到主音。读者不妨向风琴或钢琴上去试试看：闭了眼睛，随手在键板上摸到一音，由此向左或向右顺次弹过去，弹过七八个音之后，便可知道刚才随手摸着的是 C 调长音阶上的什么音。这便是根据了上述的理论或感觉而知道的。

口琴的分别为 C 调与 F 调等，一是为了合奏的便利，二是为了各曲的需要。合奏之时，例如分二部或三部合奏，则各人所用的口琴要同一调子，才可和合。又如独奏之时，某曲宜用某调，曲谱上都有注明，有的不许移换。所以口琴的演奏家宜备各种调子的乐器，才可自由应用。

看了这里所说的第二项，读者或许又要疑问："F 调等不过比 C 调升高了些，音阶的构造都仍是一样。照理都可通用，只要由各人看自己的喉音的高低而任意选择某调，何必在乐曲上注明，而且不许移换呢?"

对于这问题的答复，就要用到稍深一些的乐理了。原来高低不同的各调，其内部的构造虽然同样，但趣味不同。这趣味的不同，在音乐训练愈深的人，愈能明白感知。这是比较的高深的一种乐理，初习音乐的人辨别起来自然要困难些。但多听多练习，也可以渐渐感得。就最常用的调子而论，C 调的趣味庄重，朴素而简明。F 调的趣味力强而带些牧歌的。C① 调则华丽而愉快。你们看，校歌等大都用 C 调，抒情写景的歌大都用 F 调，跳舞曲进行曲大都用 G 调。

① "C" 似应为 "G"。

法国有名的音乐理论者拉微涅克（Alexandre Jean Lavegnac，1846—1916）和同国有名的作曲者裴辽士〔柏辽兹〕（Hecter L. Berlioz，1803—1869），都曾用他们的精锐的感性来分别音乐上各种调子的趣味。现在把这两人的所见并列一表在这里，以供好乐者的研究。

调		调的趣味	
		拉微涅克说	裴辽士说
长调	C	单纯，素朴，简明，但平凡，单调。	庄重，然缓漫且漠然。
	升 C		少漠然，多典雅。
	降 D	魅惑的，柔和，平静。	庄严。
	D	华美，华丽，活泼。	华美，热闹，但带几分平凡。
	升 D		缓漫。
	降 E	音响的，力强，骑士的。	庄严，相当地音响的，柔和的庄重。
	E	有光辉，温和，欢喜。	华丽，壮丽，高贵。
	F	牧歌的（恋歌的），素朴。	精力的，力强。
	升 F	粗暴。	华丽，锐利深刻。
	降 G	优和，稳静。	少华丽，多优美。
	G	田舍风的，愉快。	稍华美，稍平凡。
	升 G		缓漫，但高贵。
	降 A	优和，追从的，又壮丽。	柔和，秘密，非常高贵。
	A	简明，音乐的。	华丽，典雅，欢喜。
	降 B	高贵且典雅，优雅。	高贵，然不分明。
	B	精力的。	高贵，有音响的光辉。
	降 C		高贵，但不甚音响的。

调		调的趣味	
		拉微涅克说	裴辽士说
短调	C	阴气的，剧的激烈的。	阴气的，不甚音响的。
	升 C	残忍，刻毒，又非常阴暗。	悲凄，音响的，典雅。
	降 D		严正，不甚音响的。
	D	严正，热中。	悲悼的，音响的，稍平凡
	升 D		缓漫。
	降 E	显著的悲哀。	非常漠然，又非常悲哀。
	E	悲哀，激烈。	断金声，稍平凡。
	F	不快，无骨，精力的。	不甚音响的，阴气，激烈。
	升 F	粗杂，又轻快，空气的。	悲凄，音响的，锐利深刻。
	G	忧愁的，羞耻的。	忧愁的，相当地音响的，柔和。
	升 G	非常阴暗。	不甚音响的，悲哀，典雅。
	降 A	哀念，不放心。	非常缓漫，又悲哀，但高贵。
	A	单纯，素朴，悲哀。	相当地音响的，柔和悲哀，稍高贵。
	降 B	葬式的又神秘的。	阴气的，缓漫，嘎声的，但高贵。
	B	野蛮的，阴暗但力强。	非常音响的粗野，不吉，激烈。

爵士音乐[①]

江西音乐教育月刊社向我征稿，我久不从事音乐教育了，愧无可观的贡献，只能略写些感想：

近来为病所困，蛰居乡间，难得到都市去走一遭。自己虽久不弄音乐，然别人的唱歌奏乐，常常把音浪送到我的耳中来。在乡间时，常常送到我耳中来的，是一班小学生或工人们所唱的一种柔媚圆滑的歌声；到都市时，常常送到我的耳中来的，是无线电或蓄音机所发的一种粗噪激昂的音乐，前者是我国流行的一种小歌剧，后者是外国传来的“爵士音乐”。

我起初听到这两种音乐时，都感到“浅率”。我们的耳朵曾经听过十九世纪诸大作家的精微奥妙的 sonata

① 本篇原载 1933 年 12 月 31 日《音乐教育》（江西省推广音乐教育委员会）第 1 卷第 8、9 两期合刊。

〔奏鸣曲〕，symphony〔交响乐〕，何尝惯听这种东西？然而这种东西的蔓延力很大，日渐风行。到现在，乡间不学音乐的人都唱小歌剧，都市的街道上充满着爵士音乐之声了。据我推考它们的普遍风行，实有原因，而是现代音乐的倾向的一种。

“浅率”在艺术上是不良的，但在普及上是良导的。现代社会的大众，有几个人受过专门的音乐教育？有几个人经过高深的音乐训练？尤其是我国社会的大众，有几个人知道sonata，symphony的名字？有几个人见过piano〔钢琴〕，violin〔小提琴〕的影子？然而人类大家有音乐爱好的本能，大家有音乐享乐的欲望。高深的sonata与symphony，须要有了长年的训练，然后能演奏或欣赏。这是大众所不能办到的事。只有“浅率”的音乐，能无条件地适合于一般人的音乐本能而普及于大众。

“爵士”是Jazz的译音。这是最近在美洲产生的一种音乐，即所谓“Jazz music”。据说，Jazz这文字，由于Charles转讹而来。Charles是一个有名的鼓手的名字。故爵士音乐重用太鼓（drum），节奏非常强明，拍子非常迅速。类似向来的舞曲 Fox trot，而趣味更为粗率。没有音乐训练的人，一听见 Jazz music 的演奏也会感动而手舞足蹈起来。爵士的所以风行现代，便是为此。小歌剧是构成简单的小曲，听了几近人人会唱。据我的感觉，小歌剧“柔媚圆滑”，爵士音乐“粗噪激昂”。用“浅率”二字来形容这两种音乐，小歌剧该分得一个“浅”字，爵士该分得一个“率”字。

为社会大众的音乐教育计，“柔媚圆滑”不如“粗噪激昂”。为艺术的价值计，“浅”亦不如“率”。艺术大众化时必然浅率化，是一件憾事。国货的小歌剧不如花旗牌的爵士，又是一件憾事啊！

一九三三年十二月一日于石门湾

怎样唱歌（代序）①

常常听见人说："本来也想唱唱歌，可是喉音不好，真没有办法！"这话在早几年听着也非常同情，直到自己遍历音乐世界一通后，深知这话不然了。对于音乐的感染性，的确有高下，至于唱歌，却是一种技术，有方法，有练习，有研究，便有成功。这是可以教育的，人人得能为之的。除了音带有毛病之外，便无所谓喉音不好。据说程砚秋发音有缺点，然而他利用了他的缺点，使变为他的特点，这是多么值得注意的啊！

我国人得于音乐，向来是淡薄的。学校里的音乐课是随意科；加之一般音乐教师大都不知道音乐为何物，所以竟使我们大家都变为"喉音不好"的人，对于唱

① 本篇原《抗战歌选》第一、二册，萧而化、丰子恺编著，汉口：大路书店1938年初版。成都：越新书局1942年10月再版。

歌，不敢问津了。这真是可惜的事。这里，我希望大家改变，“喉音不好”的这种错误观念，有方法，有练习，有研究，便有成功。不是全凭本能，那样不成。

唱歌的方法很多，真正专习声乐时，那就非找专门家传习不可了。至于普通唱歌，并不需要怎样深究，只要发音方法正确，唱出来就不错了。现在姑举最基本的数则如下。

呼吸

大家知道，发声是呼出空气使音带振颤而成的。所以要唱歌，首先就要知道呼吸法。

呼吸方法有两种，一种是腹呼吸，一种是胸呼吸。呼吸是运动横隔膜而呼吸的，就是吸气的时候，横隔膜向下压迫使腹部容积缩小，所以腹部鼓涨很高，而胸部容量增大，使空气流入。反之，横隔膜向上弛松，胸部各肌肉亦紧缩，将空气压出，是为呼气。唱歌时，要使横隔膜向下张开（腹部当然鼓起），使胸膛肌肉扩张，筋骨挺起，吸入空气，然后压缩上部，使气缓缓呼出，用腹式呼吸来发音。发音时，喉头要放开，切不可用劲。近来一般唱歌的人，往往使劲扩张喉头而发音，自以为象西人唱歌一样，实则错误已极，不可不知。

要唱歌便要常常练习呼吸，使呼吸量大，那么音量也就会大起来，同时又要能敏捷，尤其是吸气，因为有时歌曲没有休止处，便要速吸才能应付。

唱歌中途，不能随意呼吸，大致说来，词句有标点的地方或可吸气，否则便成错误。

发音

每个字音，大概都可分为子音和母音二部份，至少母音是不会少的。歌唱的人，对于这两部份都要研究练习。我国言语很复杂，用一方土语唱歌，当然不佳，须依照国音发音而唱歌。

唱歌时，母音往往比说话时来得长。有时长至数拍或十余拍，所以更要特别练习。至于子音呢，只要能依照国语正确发音时便得。

在唱歌中，母音发音的方法，有许多是禁忌的，虽然依国别上稍有差异。大致说来，以“呀”音（a）为中心，发音时，唇齿稍张，稍向前，口圆略能进五指（撮着）为度，决不可大张口齿。若就势再将嘴唇撮拢，更向外，更圆小，便变成“喔”音了（o）。依此法再进一步便发成“乌”或“吁”音了（u）。反之，由 a 音发音之势，将唇及嘴角稍向内，齿稍合拢，上下齿间，略能进中指为度；舌尖向上便是 e 音的正确发音法了。再进一步，嘴角更向里圆，齿更稍合，是正确的“唉”音（i）的发音法了。

发音法很重要，纸笔口说不大明白，有心人，最好去请教一下对于唱歌有研究的人，且要多多练习。

表情

有了正确的唱歌方法和积久的练习，唱歌一定好，不过这个好，只能说是技术的，徒只技术，决不是艺术。艺术是感情的产物，所以唱歌的人，没有感情的发挥，那么技术怎么好，也是乏味的。

唱歌是文学和音乐结合的艺术。每首歌词，固然不必都是感情的写照，然而，无论如何，其立意，口气，态度，都能够看出。对于这点，唱歌的人必须特别注意，要能够表出，譬如：是庄严，是轻快，或如歌，或如口，种种。唱歌和说话，表情没有两样，明白这句话，便能够明白一切了。

此外歌曲和歌词表情也是一样。惟有不好的歌曲，才是曲不达词了，唱歌的人，要注意选择。

以上将唱歌的最基础的方法略说了一下。即使不是专门音乐家，只要看了这数个条件，唱歌就很好了。即使稍有缺点，——如音量不宏响——也不要紧。须知就在音乐专家中，全才也很难得。

艺术教育的本意[①]

“艺术的”三字，被人误用为“漂亮的”，“华丽的”，“摩登的”意义。因此，“艺术教育”一名词也尝被人误解，以为就是画画，唱歌等的教育。其实完全不然，“艺术的”不一定漂亮，华丽，或摩登。“艺术教育”也不单是教画与教唱。不漂亮，不华丽，不摩登的，很可以是“艺术的”。不会描画，不会唱歌的，也很可以是饱受艺术教育的人，知道了艺术教育的本意，便相信此言之不谬。

真、善、美，是人性的三要件。三位一体，缺一不可。凡健全之人格，必具足此三要件。教育的最大目的，便是这三要件的平均具足的发展。因为真是知识的

① 本篇原载 1945 年 3 月 1 日《读书通讯》第 105 期。

教育，善是意志的教育，美是感情的教育。知识、意志、感情，三方面的教育平均具足，方能造成健全之人格。

但教育的重心，可以专注在三者中的某一方面。专注在意志方面的，为道德教育，专注在知识方面的，为科学教育，专注在感情方面的，为艺术教育，以前引用过“礼体为教，其用主和”的话。现在再用此法说明，即：道德教育之体为真美，其用主善，科学教育之体为善美，其用主真。艺术教育之体为真善，其用主美。

故道德教育是善的教育，科学教育是真的教育，艺术教育是美的教育。但这不过是就外形而言，不是绝对的。真善美好比一个鼎的三只脚。我们安置这个鼎的时候，哪一只脚放在外面，可以随便。但是后面的其他两只脚，一只也缺少不得。缺少一只，鼎就摆不稳，譬如：道德教育倘绝对注重意志方面，其病为“任意”，任意的结果是“顽固”。科学教育倘绝对注重知识方面，其病为“任知”，任知的结果是“冷酷”。艺术教育倘绝对注重感情的方面，其病为“任情”，任情的结果是

"放浪"，都是不健全的教育。欧化东潮之初，我国人盲法西洋，什么都变本加利，"成中好高髻，四方高一尺"的状态，时有所见。研究科学回国的人，把人看得同机械一样。研究艺术回国的人，看见中国里只有他一个人。美其名曰"浪漫"。所谓"象牙塔里的艺术"，就是这班人造出来的。

故艺术教育虽可说是"美的教育"，但不可遗弃背后的真善二条件。否则就变成"唯美的"，"殉美的"，"浪漫的"，"放浪的"，不是健全的你[①]教育了，这道理可以用画来说明：譬如描一副肖像画，必须顾到三个条件，第一，你要描写的人必须是可敬爱的人。第二，你必须描得肖似逼真。第三，布置设色用笔必须美观。第一条就是善，第二条就是真，第三条就是美。缺了一条，就不是良好的肖像画。其结果诸君可推想之。

所以描一幅画，看似小事，其实关系于根本的精神修养，我们不能单从图画上面着手艺术教育，必须根本

---

① "你"应为"艺术"。

地从“感情”的教育着手。故艺术教育，又可说是“情的教育”。情的教育的要旨，一方面在培植感情，使它发展，他方面又要约束感情，使他不越轨道。——这就是“节制”。《檀弓》里有一段名文我大约记得如此：“曾子寝疾，病。乐童子春坐于床下，曾元坐于足，童子隅坐而执烛。童子曰，华而宛，大夫之箦欤？子春曰，止。童子曰，华而宛，大夫之箦欤？……曾子曰，然。我未之较易也，元起易箦，曾元昌[1]，夫子之病亟矣。不可以变。幸而至于旦，敬请易之。曾子曰，尔之爱我也，不如彼。君子之爱人也以德，小人之爱人也以姑息。吾得正而毙焉，斯已矣。举扶而易之，及席未安而没。”这可谓得情理之正，可为千古美谈。盖爱亲是情。爱亲而至于姑息，便是“任情”，便是“放浪”，任情放浪的爱，其实不是爱而是害。抗战时代，可歌可泣之事甚多，此种证例亦甚易找。描可秀的同志因多敬爱他，要陪着他一同殉国，徒忽牺牲，即不免“姑息”，

---

① “昌”应为“曰”。

"殉情"的批评，而不能称为大爱。感情教育不健全，对人的爱亦不正大，故情的教育，又可称为"爱的教育"。

《爱的教育》，是意大利人亚米契斯的一册名著。中国有夏丏尊先生的译本。然而这册书中所讲的爱，不免稍偏重于情，所以有"软性教育"之评，后来亚米契斯的朋友为了矫正他这一点，另著一册《续爱的教育》，夏先生也有译本。这书纠正前书中偏重感情的缺点，主张硬性教育。这两册书，在教育者是值得一读的。翻开《爱的教育》第一页来，即可看到过于重情而近于感伤的事例，秋季开学的时候，一位女先生换了一班主任。看见原来主任班里的学生，因为惜别，感伤得说不出话来，甚至几乎下泪。又如"少年笔耕"中的叙利亚，夜里偷偷地起来代父亲佣书，弄得身体衰弱，学业荒废，也是偏重感情而走入姑息与小爱的一例。这使我联想起中国古代的二十四孝来。王祥卧冰得鲤，吴猛恣蚊饱血，郭巨为母埋儿，都孝得不成样子，其过当比曾子耘瓜更甚。这些事例，可说是殉情，殉善，而失却了真理，但中国人著书，往往不重事，而注重事实所表现的一种思想，或事实所象征的一种真理。故其事实往往过分夸大而不可信。《爱的教育》著者，颇有中国著者的风度。故这种书虽有缺陷，终不失为涵养感情的一种手段。

美的教育，情的教育，爱的教育，皆以涵养感情为要义。故艺术教育必须选择几种最适于涵养感情的东西来当作手段，最适于涵养感情的，是美色和美声。换言之，就是图画科和音乐科。这些声色之中，真善美俱足，情理得中，多样统一，最能给人一种暗示，不知不觉之间，把我的感情潜移默化，使趋于健全。所以健全的艺术教育不仅注重描画唱歌的技巧，而必须注重其在生活上的活用，譬如儿童无故在白色的粉墙上乱涂，在美丽的雪地里小便，这等都是图画音乐的教育不健全之故。不然，儿童应有爱美心，不忍无端破坏世间一切美景。有的儿童，无故毁坏自然，无故残杀生命，以破坏为乐，最好“不艺术的”。譬如无端毁坏一个蛛网，推广此心，便可滥用权势来任意破坏别人的事业。无端踏杀一群蚂蚁，推广此心，便可用飞机载了炸弹到市区狂炸。所谓毫厘千里之差，即在于此，人在世间行事，理智常受感情的控制。故表面看来照理行事，暗中是因情制宜。“以力服人者，貌恭而不心服”，便是情在那里作怪。故情的教育，在无形中，比其他教育有力得多，艺术教育的重要性即在于此。

生活艺术漫谈之一[①]

英国工艺美术革命者莫理士（William Morris）曾以提倡“生活的艺术化”著名于世。他同王尔德一样，叹息世间大多数的人只是“生存”而已，极少有真个“生活”的人。他同卡本德一样，主张生活是一种艺术。但他的主要事业是改良工艺美术品。因此他的所谓“艺术化”，偏重了外生活的方面，尤其是日用器物等的形式方面。他说生活的美化，并非奢侈的意想，只要合乎两个条件：即“单纯”与“坚牢”。故美的器物，就是单纯而坚牢的器物。这话实在很对。现今我国大多数的人，大家把“艺术的”及“美的”等字误解，曲解，认为奢侈，浮靡，时髦，甚至香艳的意思。这种人真可谓

① 本篇原载1946年11月12日《改造杂志》创刊号。

“不知趣”。他们倘看见莫理士风的单纯而坚牢的工艺品，反将指斥它们为不漂亮，不美，非艺术的呢。“趣”之一字，实在只能冷暖自知，而难于言宣。我没有为莫理士艺术说法的广长舌。现在只就房间布置的小事谈谈。

莫理士说，一个趣味健全的房室的设备，以单纯而合用为主，不求奢华。他把房间里所需要的器物开一篇账如下，以为不必再多，也不可再少了。

一、大容量的书橱一架。

二、桌子一只。

三、可搬动的椅子若干。

四、可坐卧的长椅一只。

五、有抽斗的食物橱一架。

六、壁上装饰若干——绘画，雕刻。

七、花瓶一个。（都会的房室中尤不可缺）

八、火炉一架。（英国气候的房室中尤不可缺）

九、披雅娜（piano）一架。

十、二分钟可以收拾出室的地毡一条。

我初看这篇账，觉得可笑。这位莫理士先生非但美术单纯，连他自己的头脑也太单纯了。人心如此不同，人生如此复杂，怎么可把房间的设备规定一律，像学校里规定学生的童子军服装一样呢？尤其是在中国的环境里，看了这篇账，觉得荒唐。没有洋房的人怎么装火炉呢？不懂音乐的人用什么披雅娜呢？不看书的人备什么书橱呢？然而这是我的谬见。古语云“人穷志短”，生在精神物质两俱饥荒的现今中国社会里的人，往往因陋就简，而抛撇人生的远大的理想。理想的人生，原是个个人应该读书，个个人可以弹披雅娜，个个人胜任上述的设备的。

且不讲个个人，单用我自己个人的生活趣味来看这篇账，这的确是适当的房间设备。假如莫理士先生这样地设备了一个房间而白请我住，我除了第一条和最后两条略有可议以外，其余都很满意。桌子，椅子，长椅，食物橱，壁上装饰，花瓶，火炉，我都是乐用的——虽然我现在的房间并没有这样的设备。大书橱和披雅娜搬运不便，二分钟可以收拾的地毡反而麻烦，我想加以修改。

莫理士用大书橱，大概取其“单纯”，一架橱里可以包罗万象。但我嫌其太过笨重，不易搬运。洋装书足有砖头的重量。一个大书橱的容积的三分之二倘是洋装书，这书橱就彷佛一堵包墙，抬起来比棺材更重。把洋装书统统拿出然后搬动，在我觉得惮烦。假如莫理士先生质问：既然惮烦，你为什么要搬动它？让它永久摆在适当的地方就好了！在这里我自有一种嗜好和主张说出来，也许不会使提倡生活艺术化的莫理士先生反感。原来我有一种习惯，欢喜搬房间。房间看得厌倦了要摆过。在青年时代，我的房间是每半月搬动一次，把几件家俱像着棋一般调来调去，调出种种的景象来。照“市容”例，这种景象不妨称之为“室容”。室容一变，室中的主人的趣味一新，看书写作都高兴了。当时我自笑这真是 Caparicon① 的青年人的行径。但现在这行经②已大改变，非但不喜常常搬动，有时连布置都任别人代办，无论办得怎样“非艺术的”！我也安之若素。别人

① 应为“Capricious”（反复无常的、任性的）。
② 应为“径”。

说我到底年纪一大，好静不好动了。其实完全不对。我的习惯改变的原因有二，第一，我心底里的 Capricious 气质并不消失，还是容易厌倦，现在连“搬房间”这种习惯也觉得厌倦了，所以不搬。第二，我的年龄大起来，对于世间各种已成的艺术都有些儿看厌，同时自己又造不出比已有的艺术更艺术的艺术来，变成了戏不能令又不受命的绝物。因此无意再热心去玩弄这种花样。对于环境感觉不满的时候，宁可闭了眼睛，欣赏自己心中的虚构；或者放眼天空，在白云中假想艺术的表现。却不肯再同少年时代一样卷起衣袖来扛桌搬橱，补壁糊窗，以求不过如此的新景象。所以表面上我的脾气已经改变，内部依然未改；那种要求只有比前更大。行动上我似乎好静而不好动，心情中依然好动而不好静；动得只有比前更甚。因此，在事实上我虽不再要求常常搬房间，在理论上我还是主张房间常常要搬，而嫌莫理士先生那口大书橱搬起来太笨重。我的意思，书橱不宜全体连牢，宜乎划分数段，每段的大小，以同衣箱一般一两人可以随意搬运为度。这样办法，除便于搬运外，还有一种便利：书物的性质可以因此有了大致的分类，容易寻找。须要某类书籍较多可以把各部分交换地位，使常用的部份近在手头。而在广大的房间中，这种书橱还有一种妙用：即拿书橱代替墙壁把房间隔分。这墙壁可以移动的，故如何隔分，可随人意而自由变换。我国旧式的书橱，就具有这点好处，其实比新式的长大笨重的书橱适用得多。样子也并不比书橱难看。若用银杏木制，涂广漆，即坚固耐用，又朴素耐看，真是合于莫理士的“单纯坚牢”主义的良好工艺美术品。恐怕莫理士先生没有见过我国这种书箱。假如看见了，也许会把上面账单上的第一条改作“银杏木制广漆书箱数种”呢。

披雅娜这件东西，我以为不必列入账单。因为爱好音乐者不一定人人须要披雅娜。这对于一般人彷佛不是公约数。像我用披雅娜就除不尽。我也曾练习过这乐器。但现在只爱听而不能弹。一则生活烦忙，无暇每天练习，荒疏日久手指就硬。二则别种艺术及研究占据了我的心房，没有余地留给披雅娜了。假如莫理士先生要费一笔钱为我的房间里设备一架披雅娜，我宁愿请他改买一架蓄音机和各种唱片。假如这笔钱用不了，而莫理士先生定要客气的话，余多的钱给我买一架收音机吧。现在收音机正流行，蓄音机几被打倒。为什么先蓄音机而后收音机呢？这也有一篇大道理：在音乐选择全不苛刻，而度量极大的人，听《毛毛雨》也好，小热昏也好，甚至听广告演说也津津有味。那么此人当然欢喜收音机，既不要用心，又不要换片子，把木钮旋动一下就可袖手听赏。但在我，音乐选择虽不像别人择婿一般苛求，却有所不要听。有所不要听，另一面就是有所要听。我空闲了或想听音乐的时候，收音机上所奏的往往是我所不要听的。而我烦忙了或不想听的时候，它管自在那里奏我所要听的东西。它不能凑我的时间，要我去凑它的时间。几点几分听什么，几点几分听什么，听音乐同上课一样，同乘火车一样，又何苦来！若是“装成只是薰香坐”的太太们，或是牢监里的囚犯，倒毫无问题。横竖一无所事，度日如年，就是以听收音机为业，也不算作孽。但我们的生活同他们不同，我有读书的时间，写作的时间，散步的时间，和听音乐的时间。平日大致规定，不愿轻易改变。在我的听音乐的时间而去开收音机，开出来的往往不要听。收音机中的报告和讲演，我原也有要听的，但是很少，且也可得可失。故为听乐而设备，我要后收音机先蓄音机。蓄音机没有上述的缺憾。唱片（其实是奏片）可以依自己的胃口而选购，时间可以依自己的要求而指定。所缺的就是要开。利有二而弊只一，况且开开究竟不甚费事，故可谓“患不补功”，“失不偿得”。莫理士生于百年前，倘使那时候收音机和蓄音机也同现在一般盛行，我想他那账单里至少还要添加一种，收音机或蓄音机。听说他对音乐不是特别专长的，那么他也主张把披雅娜换作蓄音机和收音机，也未可知。

二分钟可以收拾的地毡，在我觉得全是多事。我们吸烟的人嘴巴上是常常在那里撒下烟灰来的。撒在新衣服上尚且顾不得许多，何况撒在地上呢！我不喜欢地毡便是为此。那漆地板同桌子一样光洁，稍微落下一点烟灰，就很触目，令人（就是我）看了感觉很是不快。想扫，扫不得许多；为了地板而戒烟，又不犯着。于是漆地板的房间里，我就坐不牢。我欢喜木色的地板，半新旧的尤佳。为了它的颜色同烟灰相似，任凭你撒下多少去，眼睛看不出来。我每天要抽四十支烟，而大多数在房间里抽。自从新生活运动励行以来，散步时的几支烟也移归房间里抽，烟灰愈多了。虽然没有实际焚烧起三四十支美丽牌香烟来，量它的灰看究竟合几勺；但推想起来，半包牙粉模样大约是有的。倘莫理士先生给我的房间里铺了地毡，而我每天把半包牙粉撒在地毡上，这地毡非每天收拾出去拍一次灰尘不可。虽然像莫理士先生所说，“二分钟可以收拾”的，但我家的工人或不做惯这事，难以胜任。请理[①]莫理士先生派人来给我收拾，又说不过去。所以地毡我不敢领受。形式还好看的痰盂，倒不妨多备几只。但痰盂里定要常常有水，否则烟蒂丢下去不肯断气，把它临命终时的气息散布满室，令人咳嗽涕零。

---

① “理”为衍字。

音乐启程序[①]

你开始学音乐了。我先告诉你音乐这样东西的性状，效用，及学法，你一定爱听。

艺术是发表感情的东西。而音乐的发表感情最为痛快。世间艺术共有十二种。用眼睛看的有七种，即图画，雕塑，建筑，工艺，书法，金石，照相。用耳朵听的有两种，即音乐，文学。用眼察看同时又用耳朵听的有三种，即演剧，舞蹈，电影。这一打艺术，都能发表感情，但没有一种比音乐发表感情更痛快的。何以见得？只要拿图画（眼睛艺术的代表）和音乐（耳朵艺术的代表）来比较便知道。例如三十四年八月十日之夜，

---

① 本篇原载 1947 年 6 月 3 日《中苏日报》“文艺周刊”第 13 期。后收入《音乐十课》（上海：万叶书店，1947 年 9 月 10 日初版）为“第一课 序言”。

最后胜利忽然来到！大家感情兴奋，想要发表。有的用画图来发表，有的唱歌来发表。你看，哪一个发表得痛快？一定是唱歌发表的痛快！因为图画是静止的，音乐是活动的。图画只能用某一种状态来表现胜利的狂欢的感情，音乐却能把这感情从头至尾委婉曲折的表出。

其他各种艺术，你可一一检点。凡是看的艺术，总不及听的艺术的痛快。因为静的东西总不及动的东西灵敏。故音乐可说是世间最灵敏的艺术。演剧舞蹈和电影，其发表感情比图画雕塑等痛快。就是因为演剧，舞蹈和电影中含有音乐的分子的原故。但须知道：静的艺术，也有他的特长，为音乐所不及的。这特长便是持久，例如一幅图画，一座雕像，常常摆在你眼前，随时可以欣赏，不像音乐的容易唱完。所以动的艺术与静的艺术，各有长处，动的艺术不及静的艺术的持久，静的艺术不及动的艺术的灵敏。

为欲充分说明音乐的性状，我可直截痛快地告诉你一句话：音乐就是笑和哭的艺术化！我们感情兴奋之极的时候，欢乐的感情变成笑声，悲哀的感情变成哭声。笑和哭能痛快地发泄感情。然而“哈哈哈哈”和“呜呜呜呜”没有规则，没有理法。所以笑和哭不成为艺术。把这感情发泄的声音，加以规则，使他理性化，就变成音乐。怎么叫做“理性化”？就是有一定的高低，一定的长短，一定的强弱，并且有一定的起承转合。这些一定的规则，就是你今后所要学习的。所以学习音乐，只要开始的时光你肯下一点工夫，仔细地正确地学习音乐的各种规则与理法，以后就有无穷的兴味引导你进步，使你不肯不学。因为我们大家从小时候会哭会笑，所以学习哭和笑的艺术化的音乐，是很自然而毫不费力的。

音乐，除了痛快地自然地发表感情之外，还有很多的效用。音乐可以帮助劳作，所以劳动者往往一边唱歌，一边工作。音乐可以治病，所以医院往往利用音乐。但这些还是小用。其最大的用处，是合群与教和。“合群”就是使大家团结起来，“教和”是使大家和爱起来。

许多人住在一个地方，你想你的，我想我的，或喜，或怒，或哀，或乐，感情不相一致。如果你教他们齐唱国歌，每个人的感情都同化于国歌的庄严，大家就感情一致了。运动会先唱运动会歌，使大家振作，追悼会先唱追悼歌，使大家哀悼。拿破仑进军，常常利用慷慨雄壮的音乐来驱逐兵士冲锋，使他们大家勇往直前，不顾生死。拿破仑因此百战百胜。抗战期间，我在大后方听人说，前线某地兵士被日本兵围困，枪弹已经用完，无法逃出。他们准备死了，索性大家大声地唱起“毛毛雨”来。日本兵听了“毛毛雨”，个个精神软化，四肢无力，拿不起枪来。结果中国兵突围而出，个个生还。这话虽然不一定可靠，但道理是不错的。音乐有种“亲和力”，能统制大众的感情。坏的音乐使大家萎靡不振，好的音乐使大家团结起来。坏人利用音乐，驱使兵士作侵略战，但好人利用音乐，可使大众一心，精诚团结。

还有音乐最正大的效果，是教大家和爱。凡良好的音乐无论是雄壮的，悲哀的，活泼的，沉静的，总之都是美的。美的音乐，使人感觉可爱。所以盛怒的人，听到美的音乐，怒气可以消灭。我亲自做过试验：有一次，两个孩子吵架，大家愤恨地哭。我拿了一张很快而活泼的西洋名曲在留声机上突然开出。起初两小孩停止了哭。后来呆呆地不动，他们的心已被音乐带走了。最后我引诱他们齐唱，两个孩子果然跟留声机齐唱起来，眼泪从笑脸上滴下来。从这试验，可知音乐能使人转怒为喜，变暴为仁。音乐教育普遍，是世界和平幸福之兆。

音乐的性状与效用，这样地神秘而伟大。所以学习音乐，不是玩耍可比，必须严肃，认真。常见许多孩子，把唱歌当作一件无关紧要的游戏，张开嘴巴乱唱，音程不准，拍子不正，随随便便唱下去。这是音乐学习法上的大忌。学音乐要同学数学一样精确，学国语一样认真，才能学得真的音乐。如果不信，你拿一支名曲，随随便便唱一遍，再认认真真唱一遍，然后比较他们的趣味与效果，便可知道随随便便唱的，只是名曲的躯壳，认认真真唱的，方有名曲的灵魂。怎样才可称为认真？开始初学，第一音的高低要正确，第二拍子的快慢要正确，第三口的发音要正确。“正确是美之母”，这是音乐初学者的最重要的格言。

卅六年五月于杭州

苏联的音乐家——阿雷桑得罗夫[①]

俄罗斯在十九世纪中出了许多名震全世界的大音乐家。其中最著名的有：

格林卡（Glinka，1808—1857）

莫索尔斯基（Mousorgsky，1839—1881）

柴科夫斯基（Tschaikovsky，1840—1893）

利姆斯基·科萨科夫（Rimsky - Korsakov，1844—1908）

这些名字，但凡关心音乐的人，都是很熟悉的。他们的作品，有许多制成蓄音片，风行在全世界各地。我们听了俄罗斯作家的音乐，发觉一种特色，便是“沉痛”，甚至“哀怨”的。像柴科夫斯基的《悲怆交响

① 本篇原载1951年5月1日《进步青年》第235期。

乐》（*Pathetic Symphony*，即第六交响乐），是一个最显著的例。

俄罗斯音乐的“沉痛”的色彩，一小半由于北国的关系。北方气候寒冷，自然的威胁较大，其人的心情有时会感觉特别沉闷忧郁，故其音乐表现带了沉痛郁勃的色彩。还有一大半，是当时俄罗斯政治腐败，社会环境恶劣的原故。那时俄国还没有解放，是旧俄时代。这班大音乐家在沙皇的统治权之下生活，作品自然沉痛而哀怨。因为他们都是聪明而善良的人，都厌恶黑暗，渴慕光明，然而黑暗的势力笼罩他们，因此他们只得在音乐中发泄他们的愤懑。所以我说，假使俄罗斯早解放了半个世纪，这班大音乐家的作品的色彩一定大变。

你倘不信，请看俄罗斯大革命后的苏联的音乐家便相信了。苏联第一位大音乐家叫做阿雷桑德罗夫[①]（一译亚历山大洛夫），在俄罗斯音乐史上，他是柴科夫斯基和利姆斯基·科萨科夫以后第一个大音乐家。然而他

① 题目中为“阿雷桑得罗夫”，正文中都为“阿雷桑德罗夫”。

的作品的情趣，和前两人判然不同，全是光明的，力强的，愉快的。他是红军音乐的作曲者。

现在我就来讲这位音乐家和他的事业：

阿雷桑德罗夫的姓名的英文写法是 Alexander Vasilyevich Alexandrov。现在大多数中学校里还没有俄文课，所以我暂用英文写法，以便读者发音。但也得把俄文写出来，使你们买苏联唱片时容易辨识。阿雷桑德罗夫的俄文写法是这样：

А. В. Александров

他生于一千八百八十三年，死于距今五年前，即一千九百四十六年。他是莫斯科音乐院的老教授，他是苏联“人民艺术家”，他是苏联有名的“红旗歌舞团”的创办人。他一生大部精力都交付给红旗歌舞团。红旗歌舞团就是红军的音乐歌舞的集团。

红军，恐怕不须我来说明，大家都晓得的：它是苏联一切建设的柱石。苏联人民有一个共通的信念，“倘没有红军，便没有苏联一切成就”。苏联人民的和平幸福的生活与工作，都建立在“红军”的基础上面。红军是保卫国家和人民的军队，不是侵略的军队。因此，莫斯科音乐院的老教授阿雷桑德罗夫乐愿出全力替它服务。他一手创造红军的音乐队，即“红旗歌舞团”。

这红军的歌舞团，本来不叫做“红旗歌舞团”，而叫做“红军合唱队”。后来因为这乐团在阿雷桑德罗夫的领导之下非常进步发达，苏联政府赠送它“劳动红旗”，因此就改名为“红旗歌舞团”，以表示它的光荣。这光荣是它所应得的，因为它的事业非常伟大。

一千九百二十八年十二月，红军的音乐队中有少数人向他们的指导者阿雷桑德罗夫要求更专门的音乐训练。因为他们认为音乐对红军的效用很大，提高音乐队的程度，便可增加红军的力量。阿雷桑德罗夫答允他们，招选了一班音乐才能较丰富的红军，组织了更庞大的“红军合唱队”。阿雷桑德罗夫亲自教练，这班队员进步很快。过了不久，阿雷桑德罗夫便带了他们到全联邦各地去旅行，同时在各地搜集民歌和民间音乐的材料。他们这旅行演奏和材料搜集不断地继续。后来统计，他们在十年之中旅行了三十万公里的路程！在一千九百三十三年，这“红军合唱队”已经非常进步。有一次在斯大林元帅面前演奏，斯大林元帅听了之后，极口称赞，便议决由政府支援这乐队的一切需要。自此以后，这“红军合唱队”更加扩充更加发展。一千九百三十七年，全部队员一百八十六人出发到外国去演奏旅行。他们到巴黎开演奏会。巴黎的听众非常欢迎，每次演奏，会场上挤得水泄不通。每一曲唱完的时候，听众全体站起来，大声喝采。巴黎的《人道报》上连日发表赞美的评文。有一次说：“这是法国人第一次听到俄国民歌。”有一次说：“苏联红军合唱队，是名符其实的胜利。”巴黎有名的音乐批评家俾内尔（Jean Binere）也在报上作文赞美它。他把这红军合唱队的伟大的成就归功于阿雷桑德罗夫的指挥。

阿雷桑德罗夫六十三岁逝世之后，他的儿子叫做波利斯（Boris）的承继他的职务，当“红旗歌舞团”的指挥。波利斯的音乐才能和服务精神同他父亲一样伟大。在一千九百四十八年一年之内，他领导“红旗歌舞团”开了六十四次的演奏会。现在，苏联各地有了许多模仿

“红旗歌舞团”的音乐组织。各地的军部单位，工厂，集体农场，铁路口场，和大学，都建立了自己的音乐团。其组织和教练，都模仿“红旗歌舞团”。所以阿雷桑德罗夫虽然死了，他的儿子和各地的音乐团承继他的事业，使他的精神永远不朽，又使他的声音永远在苏联的人民中间响着，因为他的作曲很多，而且普遍流行在苏联的一切音乐集团中。苏联的国歌便是阿雷桑德罗夫所作的

现在我们来谈谈阿雷桑德罗夫的作曲。首先谈他所作的苏联国歌。你们对于我们的友邦的国歌，是应该懂得的，而且想必是你们所乐愿懂得的吧！

苏联的国歌比我们的长大而且复杂，为便于了解起见，把阿雷桑德罗夫所作的旋律用简谱抄录在下面。

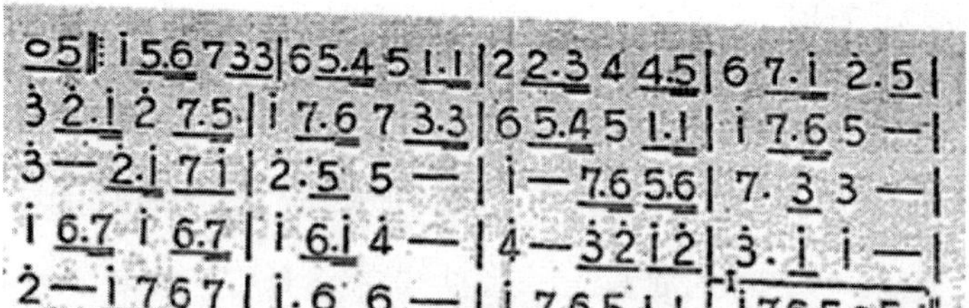

这首歌有反复记号，除首尾两小节外，中间都要重唱三遍，唱完第三遍时，用最后一小节作结束。这样，这国歌全部大约是这乐谱三倍的长，可见比我们的国歌长得多。它的歌词，当然是俄文，我们现在不必写出来。读者要知道歌词的意义，我可引用上海俄文学苑所刊印的译文给你们看。但这译文是文言的五言诗，只是把意义译出，使它变成一篇诗歌；却不能配到曲谱上去歌唱。当作一篇诗歌看，这歌词译得很好。是谁译的，那刊物上没有标明，我也尚未调查过。

（一）伟大俄罗斯，永久结合成，

自由共和邦，神圣金石盟。

民意建立起，苏维埃联盟。

统一有威力，万年庆隆盛！

自由吾祖国，荣耀啊荣耀，

民族友爱的，稳固的城堡！

苏维埃红旗，人民的大纛，

胜利复胜利，为我作前导！

（二）朗日继雷雨，自由光普照，

巍巍乎列宁，昭示我大道。
斯大林教我，忠诚为民效，
人人受感召，勤业立功劳。

　　自由吾祖国，荣耀啊荣耀，
　　民族幸福的，稳固的城堡！
　　苏维埃红旗，人民的大纛，
　　胜利复胜利，为我作前导！

（三）我们的大军，战斗中长成，
卑劣侵夺者，扫荡务廓清！。
万代的命运，斗争中决定，
引导吾祖国，向光荣前进！

　　自由吾祖国，荣耀啊荣耀，
　　民族光荣的，稳固的城堡！
　　苏维埃红旗，人民的大纛，
　　胜利复胜利，为我作前导！

我们读这三首诗歌，觉得内容意义非常宏壮，充满了友爱，幸福，和光荣的情感。我们唱前面那首曲调，觉得非常庄严伟大，而又调和美满，充满了蓬蓬勃勃的生气。这象征着苏联国本的巩固，国力的雄厚，民气的发扬，和民生的幸福；又预示着更伟大的胜利的把握。因为国歌好像一个人的脉搏。脉搏良好的，其人一定健康幸福；脉搏不良的，其人一定病弱危殆。

你们倘不相信，我可举另一国歌来反证苏联国歌的健康：你们知道日本的国歌么？我童年的时候，在一本小学唱歌集里唱到一曲小猫玩皮球的歌。（这歌是谁编的，这书名叫什么，现在记不清了，因为这是四十多年前的事。）觉得轻快玲珑，妩媚可爱，很适宜于表现小猫的顽皮。后来我到日本去，才知道这曲子原来就是日本国歌的曲子，小猫玩皮球的歌词是我们的编者配上去的！你们大约没有唱过这曲子，我写出来吧：

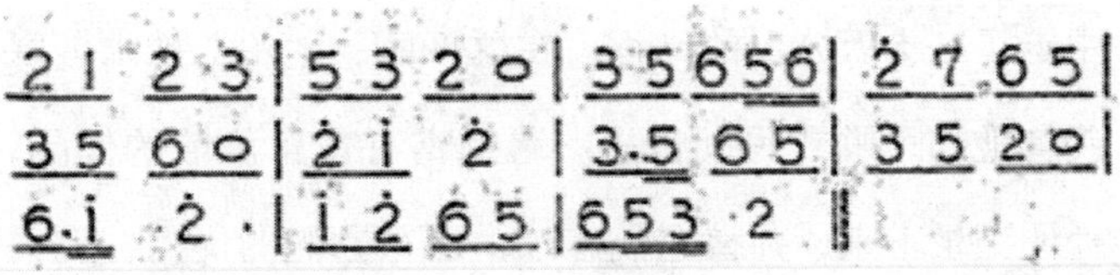

我的聪明的读者！你们唱了这首“国歌”的曲子，一定哈哈大笑。这样轻佻的，扭捏的，浮薄的，萎靡的

曲调，也配作“国歌”？这“国”除非是淫荡，奸狞，而自取灭亡的日本了！我们拿苏联的国歌来同日本的国歌比较，就好比教一个伟人来同一只小猫比较！只在这一点上，我们也可确信我们的“反对美帝武装日本”是必然成功的。

说话离开阿雷桑德罗夫太远了，赶快跑回来，讲阿雷桑德罗夫的作曲：

阿雷桑德罗夫是苏联的“战争与防护”的歌曲的作家。他的音乐作品，是红军对人民之间的联络员，又是苏联各民族之间的联络员。所以他的音乐的功勋极为伟大！他所以能有如此伟大的功勋的原因，在于他的善于采用民族音乐。他领导红军音乐队周游苏联全境，十年中走了三十万公里的路程。在这期间，他用心搜求各联邦各地的民歌或民间音乐。遇到富有音乐价值的作品，他便记录下来，并替它们修改：保存它们的优点，删去它们的缺点，又加以补充或展开，使成为具有民族性而又普遍化的作品。这种乐曲，在该民族自己当然感觉亲爱，在别的民族也都能理解而欢迎。这就具有民族与民族之间的联络员的资格。不但如此，连外国人都能爱好他的作品。例如他的最有名的歌曲《经过山谷和丘陵》(*Over Dales and Hills*) 便是全欧各国尽人皆知的乐曲。你晓得这曲是怎样作成的？阿雷桑德罗夫有一天听见红军队伍中一位士兵正在哼唱这民歌。这歌的特色引起了他的注意，他就请教这位士兵，问他这歌曲是从哪里学来的。这士兵回答，是他故乡的流行曲。他便请他再唱几遍，注意倾听，把谱表记录出来。他自己把这歌曲的音乐加以修改；又请苏联的诗人阿利莫夫（Alymov）替它的歌词加以修改。这样，便完成了一个尽善尽美的歌曲，而为广大群众所爱好。除此以外，还有《青林妈妈，请不要瑟瑟的响》(*Do not Rustle*, *Oh Mother Green Forest*),《孩子们，卸下你们的马具吧》(*Boys*, *Unharness your Horse*), 也是普遍地脍炙人口的歌曲。前者取材于俄罗斯民谣，后者取材于乌克兰民谣。

阿雷桑德罗夫的乐曲大都是取材于民族音乐的，所以很有特色。最显著的特色有三点：

第一，阿雷桑德罗夫的歌曲，大都是由独唱开始的。一人独唱了几句，然后大家跟上去合唱。这是一种民间音乐的办法。这办法有很多好处；一人独唱开头几句的时候，先把乐曲的音调的高低和速度的快慢确定，可使跟上去合唱的众人的音调高低一致，快慢一致，因而增加合唱的统一团结的力量。普通的歌曲合唱，往往在合唱开始以前加用一段乐器伴奏，用伴奏引出合唱来，也有使合唱整齐团结的效果。但是民歌的办法另有它的好处：使歌曲的文词增加变化，即开头一人唱，后来大家唱，有“一呼百应”的效果。因为这原故，阿雷桑德罗夫采用这种民歌的办法，作成了他的歌曲的一种特色。

第二，阿雷桑德罗夫的作曲欢喜用“模仿”，即在一个合唱曲中，使得各声部的旋律和节奏相类似。如此，合唱起来可以增强乐曲的统一性。阿雷桑德罗夫的“模仿”的办法，是最适于广大群众的歌曲之用的。这办法，原是俄罗斯民间音乐的老习惯。俄罗斯民族爱用“复音乐”（Polyphony）。复音乐便是根基于“模仿”的作曲法。你们知道么：音乐作曲，有两种方法，一种叫做“复音乐”，还有一种叫做“单音乐”（Monophony）。复音乐者，就是一个乐曲有两个以上的声部同时进行；各声部各自独立，又互相调和。单音乐者，就是一个乐曲有两个以上的声部同时进行；但是其中只有一个是主要的，能够独立；其他的都是它的辅佐，是不能独立的。复音乐盛用于声乐，单音乐盛用于器乐。复音乐的作曲方法叫做“对位法”，单音乐的作曲方法叫做“和声法”。——关于这些，你们倘要详细知道，请另外参看音乐理论的书籍（例如我所著的《音乐知识十八讲》，万叶书店版），现在我只能告诉你们“复音乐”的大意。俄罗斯民间音乐，向来是爱用这种“复音乐”方法的。阿雷桑德罗夫为欲保存音乐的“民族形式”，所以在作曲中盛用“模仿”的作曲法。

第三，阿雷桑德罗夫的作曲，还欢喜用一种特殊的形式，叫做“快板”，俄语发音是 chastooshka，这快板便是用特别快速的速度和非常清晰的言语来唱歌。这也是苏联民谣形式之一种。这种形式的音乐，生气蓬蓬勃勃的，最为广大群众所爱好。阿雷桑德罗夫懂得群众心理，又懂得音乐价值。凡是群众所爱好，而音乐价值高尚的，他就采用。所以他的作品，能为各种民族所爱好，能被无数音乐集团所演奏。法国人听了阿雷桑德罗夫的“快板”也极口赞誉。有一位法国音乐批评家说：“阿雷桑德罗夫的音乐表现了无限的愉快。生活的愉快，是红军及苏联艺术家的主要性质。这种性质便是红军及苏联艺术家的高尚道德的证据。”

总之，阿雷桑德罗夫的音乐作品，多数是红军的歌曲。红军的歌曲的特性是：（一）在音乐形式上，都是民歌。（二）在社会活动上，都是为人民的。（三）在内容题材上，都是描写苏联的真相的。阿雷桑德罗夫于一千九百四十三年曾经为斯大林格勒光荣纪念而作一曲交响诗（是器乐曲），此外也有别的器乐作品。但他的代表作都是红军歌曲。

列宁反对过去的沉痛哀怨的乐风，主张改良音乐。他说：“这种反战的，悲伤的，不志愿的情绪，是应当克服，而且可以克服的。只有制作新的歌曲来代替旧的歌曲，把习见的民间歌曲改造为具有新的内容的歌曲，才能克服这种不良情绪……”（见聂斯契也夫著《苏联群众歌曲》）阿雷桑德罗夫身体力行了列宁这一句话。

一九五一年四月九日于上海作。

布洛西罗夫斯基

（《苏联的音乐家》之三）[①]

读者大约都在地理学习中知道了卡查赫苏维埃社会主义共和国（KCCP）这个国家。

这国家位在蒙古、新疆的西面，里海的东面。矿产很丰富，有石炭，石油，钢，铅，以及许多其他的金属。黑土的草原上，长着繁荣的小麦，稻，甜菜和棉花。而在干燥的草原上，沙漠和山上，牧养着大群的羊，牛，马和骆驼。首都叫作阿拉木图（Alma－ata），位在雪山的脚上，百花灿烂的地带。卡查赫人民具有良好的传统的民族音乐。只是在过去的黑暗时代，没有人去研究，发扬它，所以我们都不知道。自从苏联民族政

① 本篇原载1951年8月1日《进步青年》第238期。

策实行以后，就有许多苏维埃音乐家被派遣到这国土来研究卡查赫民族音乐。其中最主要的卡查赫音乐研究者，便是布洛西罗夫斯基（Yevgeni Brussilovsky）。

布洛西罗夫斯基生于一千九百零五年，现在正是四十多岁的壮年音乐家。他的诞生地是俄罗斯的顿河上的洛斯托夫（Rostov - on - the - Don）。十月革命时，他还是十二三岁的儿童。他的音乐才能完全是在革命之后养成的。

他的音乐才能的养成，与革命战争密切相关。他幼年时就失去父母亲，他参加军队，远征高加索。在远征的一两年之间，表现了他的特殊的音乐天才。一千九百三十一年，他二十六岁的时候，得到了列宁格勒音乐院的奖状。这时候他开始作器乐曲。第一交响乐，第二交响乐，便是他的初期的作品。他在列宁格勒音乐院学习的时候，他的主任教师叫做斯泰因堡（Steinberg），是利姆斯基·可萨可夫（Rimsky - Korsakov）一派的音乐家。利姆斯基·可萨可夫，读者必须记牢，是俄罗斯十九世纪大音乐家之一，我在介绍阿雷桑得罗夫那篇话（见二三五期）中曾经讲起过的，他的音乐正是俄国音乐的良好传统，斯泰因堡便是他的承继者。所以布洛西罗夫斯基的音乐修养具有良好的基础。他的第一交响乐仿照他的先生斯泰因堡的作风，即所谓“学院派”。但第二交响乐就用自己独创的作风。演出的时候，获得大众的赞美。这是他初次的成功。

然而他在音乐上的主要的成功，是卡查赫民族音乐的研究与发扬。

一千九百三十九年，苏联的作曲家联合会派遣布洛西罗夫斯基到卡查赫去搜求民间音乐。他就来到了卡查赫，住在首都阿拉木图。他遍游卡查赫各地，探访其地的民族音乐家，记录他们的曲调，研究他们的乐器。他帮助卡查赫人民发展他们的民族音乐。他在阿拉木图创办音乐训练所，和戏剧歌舞学校。他创作卡查赫民族歌剧。从来默默无闻的卡查赫音乐，现在已经变成有名的苏维埃音乐之一种，而风行于全世界。这完全是布洛西罗夫斯基的功劳。

然而布洛西罗夫斯基这种伟大的功劳，是全靠卡查赫地方的一个老头子和一个老太婆的帮助而告成的。现在我把这两位老人介绍给读者。

那老头子名叫特亚姆部尔（Djambul Jabaev）。他在六年前（一九四五年）逝世。逝世的时候正好是一百岁。因为他是一八四六年诞生的。这位百岁老翁，一生从事民间音乐的演唱。他手里拿一只乐器，这乐器名叫“同勃拉”（Donbra），大致类似我们的三弦，琵琶，又好像西洋的曼陀铃（Mandoline）。他弹得非常纯熟。他一边弹，一边唱，唱出卡查赫人民所爱听的民族故事和民族曲调，到处受人热烈的欢迎。本地称他做“阿克萨卡尔”（Aksakal），就是“最老者”的意思。

原来卡查赫的音乐的所有者，是一班唱歌诗人。本地人称他们为“阿金”（Akyn）。“阿金”便是唱歌诗人的意思。“阿金”都弹同勃拉。特亚姆部尔是“阿金”之中的老前辈，又是最好手。布洛西罗夫斯基要研究卡查赫音乐，自然必须请教这位老音乐家。一千九百三十九年，是特亚姆勃尔音乐工作七十五周年纪念，当地开一个盛大的纪念会。布洛西罗夫斯基也参与庆祝。布洛西罗夫斯基请教他关于卡查赫音乐的问题，他立刻唱出四行诗来回答他。他不加思索，脱口而出，这是很好听的；同时可想而知，这种修养是很不容易得到的。我们唱京戏，一问一答都用歌唱，那是预先准备好，练习好的；但他的回答问题，完全是临时即席唱出来的。于此足见他特别富有音乐和诗歌的天才，不愧为卡查赫“阿金”中的老前辈。

这位老前辈在革命以前，卡查赫未曾解放的时候，受尽反动统治者的压迫和虐待。有一时他被迫放弃了音乐，不再唱诗。革命成功，卡查赫解放了，他高兴得很，重新拿起同勃拉来，从事他的旧业。他看见人就说：

“我现在过幸福的生活了！”

这时候他已经是七十岁的老翁了，然而身体还是很好，唱歌的精神越发振足了。因为他的生活有保障，心情很愉快的原故。列宁格勒胜利的时候，他兴奋之极，作了一首长诗，除了在本地到处演唱之外，又写了一张寄到列宁格勒去表示庆祝。这首诗就被印刷了，张贴在每一家人家的门上和墙上。一千九百三十四年，他的儿子战死了，他也作一首诗来歌唱他的儿子的壮烈的牺牲，其中有一句是：

“为国而死，便是永生。”

于此足见这位老音乐家的爱国精神。布洛西罗夫斯基从这位老音乐家那里探得了不少卡查赫民族音乐的材料，作为他的卡查赫歌剧的根据。

还有一位老太婆，名叫努尔比索伐（Dina Nurpeisova），现在八十二岁。（我知道一九四八年她七十九岁。今年一九五一年应是八十二岁。我想她一定是健在的。）这位老女音乐家也是一个“阿金”，也弹着同勃拉而唱诗。她的同勃拉尤其弹得纯熟，她的临时即席唱诗的才能也很丰富，和那百岁老翁齐名。除了音乐之外，她的生活能耐，也是值得人佩服的；她的丈夫是一位牧羊的人，早年就死了。她有子女六人，这六人全靠她一个人抚养栽培而成人，个个都很聪明而健康。她用什么方法赡养这一大群子女呢？便是弹同勃拉而唱诗。——这生活在解放之后是很光荣而幸福的；但在解放之前，被视为下贱的行业，江湖卖艺一类的生活。在那时候她受尽了辛苦。幸而她寿长，亲身逢到卡查赫的解放，她就变成了一个光荣幸福的民族音乐家。一千九百三十六年，莫斯科开一个“卡查赫民族艺术十日展览会”。这位老太婆努尔比索伐在会中出席演奏。她身上穿着华丽的衣服，两足交叉了坐在珍贵的绒毯上，弹着流丽的同勃拉，而唱出美妙的卡查赫曲调。每一曲终，听众报以热烈的拍手和喝采。在这光荣幸福的时候，我想她也许会回想到过去的辛酸——在卡查赫未解放时，旧习惯非常苛刻严厉，女子不准参加合唱，不准跳舞，犯了这规则是有罪的。——她如果回想到这些，一定会滴下许多解放的欢喜的眼泪来的吧。

还有一点值得告诉读者：他们的唱诗，没有书本的文字记录，是全靠口授，全靠记忆的。这习惯从何而来，我不明确知道。但推想起来，半为那地方从前教育不普及，识字的人少，所以“阿金”都用口授教练。还有一半，大约是因为“阿金”都是人民音乐家，对反动统治者都怀敌意，他们的唱诗中不免有讥讽和反抗的言词；为了避免祸患，所以用口授而不用文字的。但无论原因是什么，总之，全凭口授及记忆的唱诗是很困难的工作，非有很大的记忆力不可。由此可知“阿金”都是很聪明的音乐家。

布洛西罗夫斯基的完成卡查赫民族歌剧，全靠 这两位老人供给参考资料。这两位老人便是卡查赫民族歌剧的基础。

现在来谈布洛西罗夫斯基的卡查赫民族歌剧。他有四个卡查赫歌剧，是闻名于世的。

第一个卡查赫歌剧叫做《基兹·济培克》（*Eyz - Zhybek*）。这歌剧较为简单，剧中直接引用卡查赫的民歌，和民乐。这歌剧中不用西洋音乐的和声，因为他第一次试作，生怕卡查赫本地人没有西洋和声的训练，对它会起反感，所以完全不用。基兹·济培克就是剧中的女主角的姓名。

第二个卡查赫歌剧叫做《哀尔·塔尔吹》（*Eer - Tarhyn*）。哀尔·塔尔吹便是剧中的一位武士的姓名。鞑靼可汗压迫卡查赫人民，这位武士号召群众，和鞑靼可汗斗争，后来他同了他的爱人，到了“无树草原的和平自由之境”。这是用卡查赫的民族题材来编成歌剧的。这歌剧和前者不同，剧中用西洋音乐的管弦乐来描写主角的性格。因为卡查赫人正在学习西洋音乐，那时对于西洋音乐的和声法，器乐法，交响乐表现等，已经有了相当的理解力。布洛西罗夫斯基在卡查赫民族题材上配上西洋音乐的表现技术，正可以增进他们对于西洋音乐的趣味，而使卡查赫音乐普遍化。

第三个卡查赫民族歌剧是《查尔比尔》（*Jalbyr*）。查尔比尔也是剧中的主角的名字，便是一千九百十六年卡查赫农民战争的领导者。这歌剧内容情节很复杂，沙皇的屠杀革命分子，农民的誓死反抗，表现得非常动人。一千九百三十六年，这歌剧在莫斯科的“卡查赫艺术十日展览会”中演出。这歌剧成功最大，布洛西罗夫斯基从此确立为卡查赫“人民艺术家”。这是卡查赫民族曲调和西洋交响乐风的美满的和合。布洛西罗夫斯基在这里完成了他的卡查赫民族音乐研究发扬的使命。

第四个卡查赫民族歌剧叫做《阿伊曼和萧而邦》

(*Aüman and Sholpan*)。这剧的文词是一位本地歌剧家所作的。这也是成功的歌剧之一。

布洛西罗夫斯基的作品除卡查赫民族歌剧之外，还有室乐（Chamber Music），巴莱舞曲（Ballet）和声乐大曲（Cantata）等作品。有一个声乐大曲是获得斯大林奖的。他正在努力于苏联音乐文化的交流。他把民族音乐介绍到欧洲及全世界来，同时又把欧洲音乐介绍到各联邦共和国去。俄罗斯大音乐家柴科夫斯基（Tschaikovsky）的名作《欧金内·俄尼金》（Eugene Onegin），由他介绍到中央亚细亚各联邦共和国，已经有了五国的译文。